王太子妃候補に選ばれましたが、辞退させていただきます

危険な誘惑

春日部こみと

✦

Illustration

すらだまみ

王太子妃候補に選ばれましたが、辞退させていただきます
危険な誘惑

contents

プロローグ　こんなはずじゃなかった

フレイヤはダラダラと冷や汗をかいていた。

（ど、どうしてこんなことになってしまったの……!?）

こんなはずではなかった。

全ては計画通りに進めているはずだった。

それなのに――なぜ今自分は、こんな窮地に陥っているのだろう。

「あっ、あの、ゲ、ゲイル様……！　ちょっとお待ちくださいませ……！」

目の前に迫る秀麗な美貌から目を逸(そ)らしながら言った。

間近でこの顔を凝視してはいけない。なにしろ、格好良すぎる。十八年間の人生の中で、異性の顔の造作に何かを感じたことはなかったが、この人の顔はダメだ。端的に言えば、好み過ぎる。自分に異性の顔の好みがあるなんて、ゲイルに会うまで知らなかったが。

「フレイヤ。どうか私を見て」

耳元で落ち着いた低い美声に囁(ささや)かれ、フレイヤの心臓がバクバクと暴れ始める。

声まで格好良いとか、本当に反則だろう。

声まで、これまた好み過ぎる。自分に異性の声の好みがあるなんて――（以下同文）。

「フレイヤ？」

俯いたままうんともすんとも言わなくなった彼女を、心配するように問いかけられる。

（こんな時にまで優しさを見せるとか、本当にどうなっているの、この人は……！）

何から何まで、やることなすこと、彼の全部が好み過ぎる。というか、自分に異性の好みがあるなんて今まで――知らなかったのも、仕方ない。だって、フレイヤが恋をしたのは、ゲイルが初めてなのだから。

これまで経験したことのなかった恋というものに落ちてしまったからこそ、フレイヤは混乱してしまっているのだ。

『どんな時でも冷静沈着、巡らせましょう策略を！』をモットーとする腹黒淑女として、今のこの状況は非常によろしくない。

冷静であれば、父である腹黒宰相譲りの頭脳を活かし、策略策謀を巡らせて、自分の思い通りに全ての事を進められるというのに。

（こ、この方を前にすると、どうしてわたくしはパニックを起こしてしまうの……⁉）

理性は理不尽な現象に混乱を極めていたが、本能の方は、「それは自分が彼に恋をしているから」だと冷静に彼女に告げている。

その証拠に、品行方正な淑女の自負があるフレイヤが、周囲に誰もいないとはいえ、異性にこれほどまでに近づくことを許してしまっているのだから。

「フレイヤ……。私に触れられるのは嫌ですか？」

あまりに沈黙を続けたせいか、ゲイルが悲しそうな声で問いかけてきた。

フレイヤは慌てて顔を上げて首を横に振る。彼を悲しませるつもりなんて全くなかった。ただ、自分の意図しないことが起きてしまって、それなのにそれを喜んでしまっている自分に困惑しているだけなのだ。

「い、嫌ではありませんわ……！」

フレイヤの答えに、ゲイルがホッと安堵するように息を吐く。

それから狼のような灰色の瞳に甘い笑みを浮かべた。

（うっ……！）

彼の微笑に、フレイヤは心の裡で心臓を押さえる。この微笑みはダメだ。この微笑みを見ると、心臓がキュンキュンと音を立てて痛むのだ。痛みなのに甘い快感があるからこれまた何かヤバそうな感じがする。

「フレイヤ……」

大きな手がそっとフレイヤの顎に添えられ、軽く持ち上げられた。えっ、と思っていると、先程よりも近くに大好きな美貌がある。

（え……？　え……!?）

そのまま大好きな（二度言う）美貌が近づいて来るので、フレイヤは「ヒィ」と悲鳴を上げながら逞しい胸に両手を付いて突っ張った。

「ゲ、ゲゲゲゲイル様っ！　いけませんわっ！」

どう考えても、この体勢はキスだ。しかも、挨拶程度の軽いキスではない、いわゆる『恋人のキス』というやつだ。

くどいようだが、フレイヤは目の前のこの男性に恋をしている。初恋だ。何もかもが格好良く見えるくらいに大好きだから、本当はキスだってしたい。

（でも！　でもダメなのよっ！）

フレイヤは半分泣きながら、鮮やかな空色の瞳でキッとゲイルを見上げる。

「わ、わたくしは、王太子殿下の花嫁候補としてここにいるのです！　殿下の近衛騎士でいらっしゃるゲイル様と、このようなことは……してはならないのですわ！」

そう。フレイヤは今、『王太子殿下のお妃選定会』に参加している真っ最中なのだ。

王陛下は、次代の王国を支える片翼となる王太子の妃を選び出すために、国内外の高位貴族の令嬢たちの中から五名を選りすぐり、王城に召し上げた。そしてその五名の中から、より相応しい者を選び出し王太子妃とする、と宣ったのだ。

宰相侯爵の令嬢であるフレイヤは当然のように五名の内の一人とされた。

つまり選定会が終わるまでは、フレイヤは『王太子の婚約者（仮）』である。王太子の近衛騎士と恋仲になどなっていいはずがない。

フレイヤの必死の説得にも、ゲイルは困ったように笑うだけで、フレイヤの腰を抱く力を緩めようとはしない。

「あなたは王太子妃になるおつもりはないと仰(おっしゃ)ったではないですか」

「ええ、その通りですわ！」

ゲイルの指摘通り、フレイヤは王太子妃になるつもりはない。父の後を継いで領地経営をしたいからだ。

だが今はそういう問題ではない。

「わたくしのことはいいのです！　問題は、もしわたくしとこんなことをしているのがバレたら、殿下の近衛騎士であるゲイル様が罰(ばっ)されてしまいます！　そんなことになったら、目も当てられませんわ！」

一時(いっとき)の感情で衝動的にした行動で、彼が罰される――良くて騎士爵位の剥奪(はくだつ)、下手をすれば死罪だ。恋する彼が自分のせいでそんな目に遭(あ)うなんて、考えただけで胸が潰(つぶ)れそうだ。

「だから、絶対にいけません！　どうかお離しになって！」

蒼褪(あおざ)めた顔でブンブンと左右に頭を振っていると、フッと笑う気配がして、ギュッと抱き締められた。

「ゲ、ゲイル様っ……！」

離せというのが分からんのか！　と怒鳴りたくなったけれど、大きな手で優しく背中を撫(な)でられると、立っていた気が落ち着いてきてしまう。

（……あ、ゲイル様の匂いだわ……）

ガルバナムやバジルといった青葉の香りの中に、ほのかなサンダルウッドが混じった香り。王城に来て、ひょんなきっかけで仲良くなり、一緒に行動することが増えていく中で気づいた、彼の香りだ。

いつの間にか、この匂いを嗅ぐと安心するようになってしまった。

毛を逆立てていた仔猫が警戒を解くように、そっと身体の力を抜いたフレイヤに、ゲイルが満足げに微笑んで、悪戯っぽい声で言った。

「フレイヤ。絶対にいけないことなど、この世には存在しないんですよ」

「えっ……」

いや、あるある。たくさんある。

そんなツッコミを入れたくなったフレイヤは、思わず顔を上げる。

その瞬間、彼の顔が下りてきて、柔らかいものが唇に触れる。

（――――！　しまっ……！）

そう思った時には既に遅かった。

逃れられないように後頭部を掴むように押さえられ、腰に回ったもう片方の手はがっちりと拘束具のように巻き付いたままだ。

「んっ……う、ふぁっ⁉」

それでも抵抗しようとすれば、ぬるりと歯列を割って熱い舌が入り込んでくる。

他人の舌が自分の口の中に入ってきた経験など、フレイヤにはもちろんない。

どうしていいか分からず持て余すようにしていると、ゲイルの舌が自分の舌に絡みついてきて仰天した。

「んんっ⁉　ん、ぅんっ、んん～っ！」

ゲイルの舌がフレイヤの舌を撫でたり、擦ったりと、構い倒すように動く。その度にどちらのものとも知れない唾液が粘着質な水音を立てるから、フレイヤは恥ずかしさに顔を真っ赤にした。

「ああ、フレイヤ……なんて可愛い……」

深いキスの合間に、ゲイルが譫言のように呟くから、フレイヤはいつの間にか閉じてしまっていた目を薄く開く。

すると閉じているはずだと思っていた彼の目が開いていて、こちらを観察するようにじっと見つめていた。

(ひどい！　恥ずかしい！)

自分がどんな顔をしていたのか分からないけれど、頭がぼうっとしてしまっていたから、きっと間抜け面だったに違いない。

言わなくてはならないことは、もっと他にたくさんあったのに、フレイヤの口から転がり出たのは「見ないで！」という台詞だった。

だがこれまでの言動から考えて、このゲイルが言うことを聞いてくれるわけもない。

「どうして。可愛い顔を、もっと見せて。フレイヤ」

ミルクにはちみつを溶かしたような甘ったるい眼差しで、ゲイルが囁く。

(ひ、卑怯者……！　そんな表情をされたら……！)

彼の言うことに逆らえなくなってしまうではないか。

心臓が更にバクバクと音を立て、顔がますます赤くなる。

「か、か、かわいくなんて……！」

パッと俯こうとすると、後頭部の手が移動して顎を掴まれ、彼の方を向くように固定される。

「だめ。その可愛い顔を、ずっと見せていてくれ」

（ひぃいい……！）

こっちの方が「だめ」と言いたい。

そしてその甘ったるい表情をやめて。

いろんなことがどうでもいいと思ってしまうから。

理性が「だめだめだめだめ」と叫んでいるのに、フレイヤはゲイルの顔がもう一度近づいてきた時、そっと目を閉じてしまった。

現実よりも、夢よりも、今自分に触れている、彼の熱だけが、大切だと感じてしまったから――

第一章　交渉といこうじゃないですの！

「交渉ですわ、お父様！」

フレイヤ・エリザベス・セシルは、執務室で優雅に紅茶を飲む父に向って叫んだ。

華奢（きゃしゃ）な体格、揺れる金色の巻き毛に、小さな白い顔、お人形のように愛らしい容貌は、昨年デビューした社交界でも『宰相閣下の妖精（ようせい）』とあだ名され話題をさらった。

中でも父譲りのハッとさせられるような鮮やかなブルーの瞳は、良く晴れた春の空のようだと皆から誉（ほ）めそやされたが、今はそこに挑戦的な強い光が灯（とも）っている。

それもそのはず。今フレイヤは、この国の敏腕宰相と名高い父に対して、交渉を持ちかけているのだから。

（今日という今日は、絶対に要求を飲んでもらわなくちゃいけないのよ！）

フレイヤは意気込みながら、父を見つめる。

娘の台詞に、父であるウィリアム・ヘンリー・コートネイ・セシルは、「おやおや」と言いながら金の眉毛をヒョイと上げる。

フレイヤと同じ金色のくせ毛に空色の瞳の父は、一見すれば柔和で穏やかそうな壮年の紳士である。だがこの優男（やさおとこ）風の見た目とは裏腹に、その中身が獰猛（どうもう）で腹黒な策士であることは、娘であるフレイヤのみならず、政治に少しでも携わっている者ならば知っているほど有名である。

『ウサギ面の狼』というのが、父の異名だ。なんとも酷いあだ名である。

そのウサギの顔をした腹黒狼が、いかにも優しそうな笑顔で首を傾げる。この笑顔が曲者なのである。

「どんな交渉だい？」

「……お父様が命じられた通り、『王太子殿下のお妃選定会』に、わたくしも参加いたしますわ」

低い声になってしまったのは、口にするのも嫌なほど、参加したくないからである。

この国の王太子であるレジナルド・ジェイコブ・ガブリエル殿下は、御年二十四歳にして未だ独身である。

幼少期に既に婚約者があることの多い直系王族としては異例と言える。

だがそこには理由があった。

レジナルド殿下は幼い頃より喘息持ちで非常に身体が弱く、静養のために長年王都を離れて田舎の離宮で過ごされたため、婚期を逃されたのだ。

その病弱王太子殿下がこの度、王都に戻られ、お妃選びをすることになったのである。

王もいい年になってしまった嫡子に相応しい配偶者を、と焦っているらしく、国内外から厳選された令嬢たちを集め、その中から王太子妃を決定すると発表したというわけだ。

（まったく、王太子殿下には申し訳ないけれど、迷惑千万よ……！）

フレイヤは心の中で見たことのない王太子に文句を言った。

父は宰相であると同時に、この国の北の広大な領地を治めるポウィス侯爵である。王陛下の信頼熱い宰相であり上位貴族とくれば、まさに今をときめく時代の寵児と言えるだろう。

その宰相閣下の娘で、十八歳という花も恥じらうお年頃のフレイヤは、王太子の配偶者として十分すぎるほど条件を満たしている令嬢——つまり、王太子妃の最有力候補となってしまったのだ。

当たり前のように金ピカの封筒に入った『王太子妃選定会』招待状が届いたのだが、フレイヤは丁重にお断りする予定だった。

何故なら、彼女には夢があった。

それは、父の跡を継ぎ、生まれ育ったポウィスの領地を治める領主となることである。

このレグロス王国の最北に位置するポウィスは、極寒の地ではあるが、そこに住む民は温かく実直な性質だ。北ポウィスには古来よりライデという民族が住んでおり、南から上がってきたレグロスの祖先たちと融合し、独特な文化を形成していったのだ。

ポウィスの民は、春分、夏至、秋分、冬至といった太陽の出ている長さを基準に一年を区切り、季節に合わせて農耕や牧畜、狩猟を行い、自然と共存して生を営む。

貴族的で華やかなレグロスの文化とは違い、土地に根差した泥臭い文化ではあるが、そこで育ったフレイヤにとっては温かく、人間味があって、なによりも魅力的なものだ。社交界デビューを果たした二年前から、社会勉強とコネクション作りのために、父について王都のタウンハウスに滞在しているが、本当ならポウィスにずっと住んでいたいほどだ。

ポウィスの文化を守りつつ、時代に合わせた発展をさせ、民と共に行う領地経営。

それがフレイヤの目指すものだ。

（これは、他の誰が領主になってもできないことだわ。ポウィスに生まれ育ち、ポウィスを愛するわたくしでなければ、決して……！）

フレイヤは、ポウィスの領主となることが、己の使命だと考えている。

幼い頃から父と共に民に混じり、羊や牛を追って草原を駆け回ったり、畑を耕す手伝いをしたり、災害時には土木作業すら民と一緒に行ってきたフレイヤでなければ、理解できないものがあるからだ。

それはポウィスに暮らしたことがある者にしか分からない価値観や、愛着のようなものだ。父と自分以外の誰が領主となっても、それらを壊してしまうのは目に見えている。

フレイヤに兄弟がいれば、その人に使命を託すこともできたのだが、残念ながら父の子はフレイヤ一人。

幸いにしてこの国では女性にも爵位と領地の継承権が認められており、ゆえにフレイヤが父の後継者となることにはさほど問題はなかった——はずだった。

『王太子妃選定会』の件が勃発するまでは。

王太子妃になることと、ポウィスの領主になることを比較した時、フレイヤにとってはその価値の重さは言うまでもなく後者に傾く。

だが世の大半の人間にとっては、前者に傾くのだ。

そしてフレイヤにとって最も痛手だったのは、父が「世の大半の人間」の一人だったということだ。

つまり、父はフレイヤに王太子妃になってもらいたいと考えているのである。故に、フレイヤに断りもなく、金ピカの招待状に「オッケー♡」と承諾の返事をしてしまった。

先週この執務室に呼ばれ、にっこりと食えない笑みで、

『ひと月後にある王太子妃選定会に行く準備をしておきなさい』

と命じられた時には、怒りのあまり口から火を噴くかと思った。

当然ながら猛抗議したが、国内外の政治の舞台で『名宰相』と謳われる腹黒紳士を相手に、十代の小娘が太刀打ちできるはずもない。のらりくらりと躱された挙句、やんわりとした口調で切れ味鋭い正論に次ぐ正論をぶつけられ、フレイヤの抗議は黙殺された。

だがこのまま諦めるほど、フレイヤは大人しい性格ではない。

抗議を受け付けないならば、交渉で行こう——そして今に至るわけだ。

父は面白そうに娘の顔を見て、執務机の上で手を組んだ。

「それで？　お前が『王太子妃選定会』に参加する代わりに、私にどんな要求をするつもりだい？」

その問いに、フレイヤはニコリと微笑んでみせる。

「その前に、確認しておきたいことが。お父様、これは既に勝敗が決まっている選定ではありませんわよね？」

腹黒な父のことだ。王や王太子、そして親密な貴族たちと前もって話し合いをし、既に相手を決定している可能性もゼロではない。いわゆる談合行為だが、その他の貴族たちの不満を解消するためならば、その程度のパフォーマンスは平気でする男である。

（まったく、冗談じゃないわ）

そんなものに参加したが最後、ポウィス領主になるという未来は霧散してしまう。

慎重に訊(たず)ねたフレイヤに、父はニヤリと口の端を上げる。

「いいねぇ、フレイヤ。冷静沈着であることは、交渉の場での基本だ。加えて熟慮と慎重さも申し分ない。父親として誇らしいよ！」

「いいから答えてくださいませ！　これはデキレースなんかじゃありませんわよね⁉」

父の口車に乗ってはいけない。それは子どもの頃から叩(たた)き込(こ)まれた経験則である。

娘の問いに、父は満足げに頷(うなず)いた。

「これはデキレースではない。そもそもこの件に私はまったく関与していないからね。陛下とレジナルド殿下が極秘で進めて来られた計画で、発表されるまで他の誰も知らなかったのだよ」

「そう――そうですか」

フレイヤはホッと胸を撫(な)で下ろす。父は腹黒だが、肝心な場面で娘である自分に嘘(うそ)をついたことはない。今回も本当だと信じていいだろう。

（ならば……！）

条件は整った。フレイヤは父とよく似た顔に、同じようなニヤリとした笑みを浮かべた。

「わたくしが『王太子妃選定会』に参加したからといって、選ばれるとは限らないですわよね？」

「まあ、そういうことになるな」

ふむ、と長い指で顎を撫でながら父が頷く。

「では……わたくしが王太子妃に選ばれなかったあかつきには、このフレイヤ・エリザベス・セシルをポウィス領の正式な後継者として、正式に手続きを踏んでくださいませ！」

　フレイヤは父の一人娘で、周囲からも『跡取(あとと)り娘』として扱われてはいるが、実際のところは、なんの権限も持たない父の扶養家族でしかない。

　女性が爵位と領地の後継者となるには、国王と教会との両方の承認が必要で、それを申請するのは基本、現在爵位を持つ者だ。つまり父が申請しなければ、フレイヤはいつまでたっても正式な継承者にはなれないのだ。

　もし父が事故か何かでポックリ逝(い)けば、後継者の手続きをされていないフレイヤは領地から追い出され、慣例に則(のっと)り、父の親戚の男性貴族が後継者に使命されることになる。

（そんなことになったら、目も当てられない！）

　だから娘に爵位を譲ろうと考えている場合、早い内から手続きを済ませるものなのだが、どうしてか父はなかなかしようとしなかった。用意周到な父らしからぬ行動だが、何か理由があるのだとこれまで文句を言ってこなかった。

（その理由は、この選定会の件で分かった気がするけれど……）

　父は口には出さないが、婚約者の決まらない王太子の相手に自分の娘を宛(あて)がう機会をうかがっていたのだろう。後継者の申請が済んでしまえば、王太子妃候補からは外れてしまう。それを恐れて、今まで申請しなかったのだ。

（でも、他の方が王太子妃になってしまえば……！）

父がフレイヤを後継者に指名しない理由はなくなる。

（要は、選ばれなければいい話だわ！）

フレイヤの心を見透かすように、父が目を眇(すが)めた。

「……まさか、わざと問題行動を起こして王太子妃候補から外れようなどと企(たくら)んでいないだろうね？」

一瞬ギクリ、となったが、その問いは想定内だ。

フッと皮肉げな笑みを浮かべ、肩を竦(すく)めた。

「わたくしがそんな愚行を犯すとでも？」

もとより問題行動を起こすつもりはない。それはフレイヤ自身の名を貶(おとし)める行為だし、ひいてはポウィス領主となってからも困ることになる。

「『王太子妃選定会』に参加する以上、十八年間に及ぶ努力の結果、厳しい淑女教育を乗り越えた、わたくしの宰相侯爵令嬢としての実力を遺憾なく発揮しますわ。決してお父様のお名前も、わたくしの名前も貶めないと、ポウィスの地に誓います」

父は娘を溺愛しているが、同時にこれでもかというほどの厳しい教育も施してきた。淑女教育だけでなく、国内でも選りすぐりの家庭教師を雇い、政治や経済学、宗教学、数学などを叩き込まれた。泣きながら授業を受けたことだって、両手の指では足りないくらいだ。

だが血の滲(にじ)むような努力の結果、自分こそがポウィスの領主に相応しいと自負できるのだ。努力は自身の矜持となった。だからそれを貶めるような真似は、絶対にしない。

フレイヤがポウィスへ向ける愛着を理解している父は、その誓いに「ふむ」と納得の首肯を見せる。

「よかろう。お前が王太子妃に選ばれなかった時には、正式にポウィスの後継者として指名しよう。だからお前は、選定会を全力で受けてくるように」

父からの言質を取ったフレイヤは、心の中で万歳三唱をしながら淑女然と微笑んだ。

「もちろんですわ。この国の次期王陛下の片翼となる王太子妃の選定――全力で挑んでまいります」

これでも宰相の娘。そして領主として施政者を志す者だ。

住まう国の王の伴侶選びに無関心とは言っていられない。

（わたくしは選ばれるつもりはないけれど、国政のため、相応しい王太子妃を選び抜いて差し上げるわ！）

つまり、これがフレイヤの計画だ。

自分で言うのもなんだが、自分は良くも悪くも、実に父に似ている。

厳しい教育の賜物で、かなり賢く知略にも長けている。泣いたこともあったが、最終的には家庭教師を論破して泣かす程度にはなれたのだ。そんじょそこらの貴族のお嬢様に、謀略の類で負ける気がしない。

（腹黒で、わたくしに敵う令嬢がいるわけもない！）

フレイヤは心の裡で高笑いする。

百戦錬磨の人外のような父が相手となれば負けは必然だが、経験値の浅い同年代の人間ならば、チェスの駒を動かすようなものだ。選定会をこの手に牛耳ってやればいいのだ。

（持てる力の全てを使って、相応しい候補者を選び抜き、その人を王太子妃にさせてみせるわ!!）

＊＊＊

ゲイルは渡された資料をバサリと執務机の上に放り出すと、目と目の間を指で揉みながらため息をつく。

そこへ王家の紋章の刺繍の入ったマントを羽織った青年がやって来て、愉快そうな声で言った。

「おやおや、僕の親愛なる乳兄弟よ！　どうしてそんなに不機嫌そうなんだい？」

栗色の柔らかそうな髪に、透き通った琥珀色の瞳。背は高いが柔らかい物腰に、目尻の下がった優しげな美貌のおかげで、威圧感はまったくない。いかにも女性受けしそうな外見とは裏腹に、なかなかしたたかな性格であることは、生まれた時から一緒に育った自分が一番よく知っている。

ゲイルは微笑んで首を横に振った。

「俺が元々こういう顔だってことは、お前だって知っているだろう、ジェイク」

長身のジェイクよりも更に背が高く、男性的な顔つきの自分は、柔和なジェイクとは真逆の印象を持たれることが多い。その上あまり表情を動かさないものだから、いつも怒っているのかと思われてしまうくらいだった。

ごまかそうと答えた台詞は、軽く眉を上げたジェイクに一蹴された。

「ゲイル、僕にごまかしが利くとは思わないでほしいな。君が強面だってことはもちろんよく知っているけれど、眉間に皺（しわ）が寄るのは不機嫌な時だけだってことも知っているんだからね」

そう指摘されてしまうと、こちらは苦笑を零（こぼ）すしかない。

ジェイクと自分は、血の繋（つな）がった本物の兄弟よりも兄弟らしく、互いのことを分かり合っているのだ。

「選定会に参加する令嬢の資料を読んでいたら、ウンザリしてしまっただけだ」

机に放った資料の束を指して説明すると、ジェイクも眉を下げた情けない顔になる。

「ああ……、それは確かにそうなるな。僕も読んだが、本当にすごい面々だった。セルシオの王妹（おうまい）に、外務大臣ティモシー侯爵の長女、ベッドフォード公爵の二女、ラトランド陸軍将軍の姪（めい）に、極めつけが腹黒宰相閣下の一人娘だったっけ。もう狐狸妖怪（こりようかい）大集合だよね。その娘だの姪だの妹だのなんだから、笑顔で殺し合ってもおかしくない。想像するだけで胃が痛くなるよ……」

ジェイクは「はーやれやれ」とぼやきながら額（ひたい）に手を当てて頭を振ってみせるが、この男はそんなに繊細な人間ではない。

「よく言うよ。面白がっているだろう、お前」

呆（あき）れて鼻を鳴らせば、ジェイクがニヤリと口の端を上げた。

「まぁねぇ。だって面白そうじゃない。腹黒ジジイ共の息のかかった小娘どもが、王太子の妃になるためにどんな死闘を繰り広げてくれるのか！　今世紀最大のエンターテイメントだとは思わない？　ワクワクしちゃうね！」

「死闘ってお前……」

目をキラキラさせて語る幼馴染に、ゲイルは呆れ返ってしまった。小娘と言いながら、その小娘たちに何をさせる気なのか。

「殴り合いとかのキャットファイト、見せてくれると思う⁉」

「お前ね……。相手は深窓のご令嬢ばかりだぞ。頼むから手加減してやってくれよ」

ハーッと深いため息をもう一度ついて、ゲイルは髪をかき上げる。

艶やかな黒髪は長く、項で一つに括っているが、左サイドの短い髪が顔に落ちて来てしまうのだ。それが鬱陶しくて、つい小さく舌打ちをしてしまう。

それに気づいたジェイクが、眼差しを暗くした。

「……そこの髪、なかなか伸びないね」

「ああ……」

この左サイドの一束だけが短いのは、半年前に刺客に襲われた時、攻撃を避け切れずに切られてしまったせいだ。

「ごめんね、僕が不甲斐ないばっかりに……」

しょんぼりと肩を下げるジェイクに、ゲイルは慌てて首を振った。

「よせ、お前のせいじゃない」

「でも、僕を庇ったせいで君は体勢を崩してしまったんじゃないか！　頼むから、僕を庇うなんて真似はしないでくれよ！　君に庇われるほど、僕が弱くないのは知っているだろう⁉」

必死で言い募るジェイクに、ゲイルは苦笑を漏らした。ジェイクが弱くないことはもちろん知っている。

弱くないどころか、最強である。こいつは本当に人間なのかと疑うくらい、尋常じゃないくらい強い。

（こんな優男風の見た目なくせに、剣を持たせたら、本当に敵をちぎっては投げちぎっては投げってするからな……）

その姿はもう鬼神である。

ゲイルも鍛錬を積んできて、そこそこの腕前である自負があるが、この天賦の才能には勝てるはずもないと悟らされてしまう。そんなレベルの強さだ。

だからあの時も、ゲイルに庇われなくともジェイクは自分でなんとかしただろう。

「知ってるよ。でも、咄嗟に身体が動いてしまったんだ」

そう、分かっているのに、大切な幼馴染が斬られそうになっているのを見た瞬間、身体が前に出ていた。

ゲイルにとって家族と呼べる者は、ジェイクくらいなのだ。不要な手だと分かっていても、家族のピンチには駆け付けてしまうものだろう。

ゲイルの笑みに、ジェイクが顔を顰める。

「……本当にもう、君って奴は……！」

何かを堪えるように言って、ジェイクはゲイルに抱き着いてきた。子どもの頃から変わらぬ親愛の仕草だ。

「頼むから、危険な真似をしないでくれよ」

「それはお互い様だろ」

栗色の頭をポンポンと宥めるように叩くと、ゲイルは明るい声で言った。

「ところで、よく似合っているな。お前には赤が似合うと思っていたんだ」

王族の羽織るマントの色は緋色と決まっている。

するとジェイクは困ったような笑いを見せた。

「この僕が王族の色を纏う日が来るなんてね」

彼には珍しい自嘲めいた笑い方に、ゲイルはバンと背中を叩くことで鼓舞してやる。

「似合ってるぞ、王太子殿下！」

もう一度言うと、ジェイクはフッと息を吐き出すように笑った。

「ありがとう」

「さあ、お妃様選びの予習といくぞ。こればっかりは、慎重に慎重を重ねないとな！」

「頑張ります～」

たはは、と情けない表情で頷くジェイクを見ながら、ゲイルは先ほど読んでいた資料の内容を頭に思い浮かべる。

五人の令嬢。この中から一人を選び抜く。王太子妃選定会まで、あと一週間。

（王太子の地位を盤石なものにするために）

正妃であった母ソフィアを側妃によって毒殺され、また策謀によってその生家であったメルディ公爵家も取り潰しとなってしまった結果、王太子には後ろ盾がない。

母同様に暗殺されてしまうことを恐れ、病弱であると偽って田舎の離宮に身を潜め、復讐の機会を窺ってきた。

だがその機会に恵まれないまま昨年、側妃の子である第二王子セバスチャンが十二歳にして婚約者を決定してしまった。

お相手は強大な軍事力を誇る新興国タルシュの姫だ。側妃の父親はラトランド陸軍将軍で、軍事力を強化していきたいラトランド侯爵の思惑を反映しているのは言わずもがなだ。このままではこの国の政治は、天秤が武に傾いていくのは目に見えている。

そしてなにより、ラトランド侯爵が孫王子を傀儡にして政治を掌握したいとする上で、王太子は最初に取り除かなくてはならない障害物と言える。王位継承権を剥奪にかかるのか、あるいは暗殺者を仕向けてくるのか。どちらにしても、防御ばかりでは身を守れなくなってしまった。

だから、もう身を潜めてはいられないと、十五年ぶりに表舞台に出ることが決まったのだ。

そしてその前に、王太子の後ろ盾を確保する必要があった。

（それが、この『王太子妃選定会』というわけだ）

集められたのは、第二王子に匹敵するだけの権力を持つ家の令嬢ばかりが五人。

けれど、この五人の中に敵であるラトランド侯爵の姪もいることから分かるように、真に王太子を支えようとしている者ばかりではない。

（おそらく、そういう者の方が少ないだろうな）

権力者同士の均衡や関係性、そして十中八九、参加者の家同士、密約等も交わされているだろう。

むしろ全員が敵だと考えた上で選定会に挑んだ方が無難なくらいだ。

(その中で、王太子妃に相応しい人物を選び出さなければならない……!)

ゲイルは改めて決意を正し、グッと腹に力を籠めたのだった。

第二章　さあ、ゲームの始まりですわ！

王太子妃選定会は、王宮ではなく王城の敷地内にある『三日月宮』と呼ばれる離宮で行われることとなった。

それは数代前の王が身体の弱い末姫のために作らせたという宮で、建物は小さいけれど、全ての壁が海の側から運ばせて作った白亜の土でできていて、なんとも可憐な風情である。

（きっと夜の景色の中では、闇夜に白く浮かび上がるように見えるでしょうね）

確かに『三日月宮』の名にふさわしい、と心の中で離宮の美しさに感嘆しながら、フレイヤはその門をくぐった。正門からホールまでの前庭には、白い薔薇の木立がびっしりと並び、甘い芳香を漂わせている。

（さすが王城だけあって、手入れが行き届いているのね）

横目で薔薇を楽しみながらホールへと辿り着き、扉が開かれると、そこには既に他の四人の令嬢たちが揃っていた。

（あらまあ。わたくしが最後だったのね）

フレイヤは視線だけを動かしてざっと全員を見回す。

妙齢の令嬢ばかりなので、社交界で見た顔ばかりだ。王太子妃選定会だけあって、そうそうたるメンバーに胸が高鳴りながら、フレイヤは柔らかな微笑を浮かべた。

「ポウィス侯爵令嬢、フレイヤ・エリザベス・セシル様！」

背後でゆっくりと扉が閉まるのと同時に、小姓の紹介の声が高らかに響く。その声に合わせ、フレイヤは優雅な所作で完璧なカーテシーをして見せた。本来は王族など自分より身分の上の者に対して取る礼だが、ここに集まっているのは『王太子妃（仮）』の令嬢ばかりだ。最上級の礼を取って当然だろう。

フレイヤが指示された場所に着くと、ホールから見える階段の上から華やかな男性の声が聞こえてきた。

「やあ、これで候補者が揃ったのかな？」

若い男性の声だった。ハッとそちらへ目をやれば、階段の上からこちらを見下ろす、柔和な印象の男性が立っていた。少し癖のある栗色の髪、目尻の下がった優しい目元、高い鼻、少し薄い唇——それらが良いバランスで配置された、美しい顔立ちの青年だった。

紺色の礼服の上に、王族の証である朱色のマントを羽織っていることから、彼が王太子なのだと分かる。

（この方が、王太子殿下……）

フレイヤはすかさず膝を折ってカーテシーをしながら、初めて見る王太子の顔に「こういう顔をしていたのか」という感想を抱く。なかなかの美男子だ。亡くなった正妃も大変美しい女性だったらしいので、母親に似ているのかもしれない。

王は正妃が亡くなった後も、側妃を繰り上げて正妃に据えることはしなかった。

正妃になれると算段していた側妃はさぞかし歯軋りしたことだろう。第二王子セバスチャンの母親でもあるベアトリス妃は、野心家として有名なラトランド侯爵の娘だ。父親同様、本人も気位の高い人物と聞いている。

ともあれ、後ろ盾である母妃を亡くし、更に幼い頃から静養のために王都を離れていたせいで、王太子のご尊顔に拝謁したことのある者はほとんどいない。口の悪い者の中には、『幽霊王子』などと揶揄する輩もいるくらい、存在感のなかった王子なのだ。

(王太子殿下の顔、という希少価値の高いものを拝めたというだけでも、この選定会に参加した甲斐があるのかもしれないわね)

などと皮肉っぽいことを考えていると、また王太子の声がする。

「皆、顔を上げてくれ。君たちの顔が見たいからね」

明るい声音で告げられ、フレイヤはご所望の通り顔を上げながら意外に思った。

(ずいぶんと率直な物言いをなさる方なのね)

婉曲な表現を使いたがる王侯貴族には、珍しいと言えるのではないか。

王太子は階段をゆっくり下りてくる。

彼の背後に、黒い騎士服を身に纏った長身の男性が影のように付き従っていた。

その姿を見て、フレイヤは息を呑む。

男らしい精悍な輪郭の中に、秀麗な美貌があった。王太子の華やかな美しさとは真逆の、静謐な美だ。

凛々しく形のよい眉、切れ長の目、スッと通った鼻梁に、引き結ばれた唇。なにより印象的なのは、冷たく鋭い灰色の瞳だ。光の加減で銀に光っても見えるので、きっととても透き通っているのだろう。

長身の王太子よりもまだ背が高く、長い手足は武人らしく隙の無い動きをしている。

艶のある漆黒の髪は、男性にしては珍しく伸ばされていて、項で一つに括られていた。

(まるで、黒い狼ね……!)

黒髪に、着ている物も黒いせいだろうか。それとも、あの鋭い灰色の瞳のせいか。

服装からして王太子の近衛騎士なのだろうが、その男性は王太子よりも強烈な印象を、フレイヤの心に植え付けた。

うっかりその男性を見つめてしまいそうになって、フレイヤは慌てて視線を王太子へと戻す。

(いけないわ、わたくしったら……)

今は王太子に集中しなくてはならない。

その王太子は、穏やかそうな微笑を浮かべたまま、並ぶ令嬢たちをグルリと見回した。

「まずはこの選定会に参加してくれてありがとう」

礼を述べる王太子に、フレイヤは無言で淑女の礼を取ったが、中には感動して目を潤ませる令嬢もいる。

(……まあ、そうよね。ここいるのは、多分、王太子妃になりたい人ばかりでしょうから)

近い未来、王妃の椅子に座れるのだ。貴族の令嬢としてこれ以上はない栄誉だろう。

しかし同時に、これ以上はない重責が伸し掛かって来る椅子とも言える。

(この中に、その覚悟が本当におありな方は、果たしていらっしゃるのか……)

「今日よりひと月をかけて、君たちには様々な課題を出すことになる。その課題をどう解決するかを見て、王太子妃を決定する。僕は王太子妃としてこの国を共に担ってくれる、未来の王の片翼を求めている。君たちは、その能力があると見込まれた人たちばかりだ。素晴らしい結果を期待している」

王太子は朗々と述べて、にこりと微笑んだ。

堂々とした話しぶりは自信に溢れ、見た目の麗しさも相まって、王族に相応しい威厳とカリスマ性を感じられた。

引きこもり王子だと聞いていたから少し心配だったのだが、これなら問題なさそうだ。

フレイヤは密かに胸を撫で下ろす。この国を担う次期王がオドオドとしていては、非常に心許ないのが正直なところだ。

もし王太子が廃嫡されるようなことがあれば、ラトランド侯爵の権力が増大する。王の外戚となったラトランド侯爵が、目の上のたんこぶである宰相を潰しにかかるだろうことは目に見えている。

（あの腹黒いお父様がそう易々と負けるとは思えないけれど、万が一ということがあるものね）

父の後を継ぐつもりのフレイヤにとっても、是が非でも王太子にはその座を死守してもらわねばならないというわけだ。

となれば、この王太子妃選定会は、非常に重要な第一歩ということになる。

フレイヤは四人の令嬢たちを眺めながら、心の中で気合いを入れ直した。

（さあ、王太子妃にもっとも相応しい方を、このわたくしが選び抜いて差し上げましょう！）

そうして選び抜いた令嬢を、この手で王太子妃の座に押し上げてみせよう。

やる気満々な笑顔で令嬢たちへ微笑みかけると、彼女たちには訝(いぶか)しそうな表情をされてしまった。

「ものすごく意気込みを感じる表情だね、レディ・フレイヤ」

王太子にまでおかしそうに声をかけられて、フレイヤは内心焦りながらも、にこやかな笑みを返す。

「もちろんですわ、王太子殿下。わたくしの持てる力をもってして、この選定会に臨(のぞ)ませていただきます」

すると王太子はニヤリと口の両端を吊(つ)り上げた。

その人の悪そうな表情に、フレイヤはなるほど、と思う。

(どうやらこの王太子様も見た目通りというわけではなさそうね……。なかなか有望そうで、なにより……)

施政者となるならば、腹芸はできる方が良いに決まっている。

ひとまず初見の情報収集としては、十分といったところか。

(さあ、ゲーム開始といきましょう！)

王太子妃選定会は、こうして幕が開かれたのだった。

＊＊＊

「さて、第一印象はどうだった？　皆可愛い顔してたけど、どの子も一癖二癖ありそうだったよね！」

二人切りになった途端、ジェイクがクルリと振り返って楽しそうに訊(き)いた。

「おい。声が高い」

あまりに気軽に危うい感想を述べるので、ゲイルは慌てて注意する。

だがジェイクは「えー」と不満げに肩を竦めた。

「もう部屋に戻ってきて、僕たちだけだから大丈夫だよ。ゲイルは心配性だな」

ここは離宮の主寝室だ。候補者の令嬢たちとの顔合わせの後、女官らにそれぞれの部屋へ案内させ、ジェイクとゲイルは自室であるこの部屋へ戻ってきていた。

王太子妃選定会の会場には、普段使われていない三日月宮を選んだ。

使用人は全て厳選した者に入れ替え、選定会の間にこの三日月宮で起きたことは外へ漏れないようになっている。

候補者の令嬢たちにも、選定会実施期間中の出来事を外部へ漏らしてはならないと厳命し、「たとえ親や親戚であっても」と強調して付け加えてある。

これでもし彼女たちの保護者に情報が伝わっていたことが分かれば、その時点でその令嬢は失格とする予定だ。

口が軽い王太子妃など、政敵に攻撃する隙を与えているようなものだし、王族の一員となるということが、肉親と一線を画する人生を歩むことだという自覚がないということの表れに他ならない。

このように細心の注意を払って情報を制限しているのだから、ジェイクの言い分ももっともではある。

それでもゲイルは扉が閉まっていることを改めて確認してから、乳兄弟の問いに答えた。

「どれも野心家だ」

「ああ、それは確かに」

端的な感想に、ジェイクもまた頷く。同じ見解だったようだが、そもそもこの選定会に参加を決めた時点で、野心家でないわけがない。

「どの子も自分に自信がある感じだったよね。多分、それぞれの得意分野は違うけど、そこを活かしたアピールをしてくるだろうね。ローザが語学、ヴァイオレットは歌声、リリーは武芸、カメリアは異国文化ってところかな。さすがだなっていうのが、フレイヤだね。あの切れ者宰相の娘だけあって、歴史学、数学、化学、哲学、経済学、帝王学、政治学に至るまで精通している」

事前資料でゲイルも確認していた内容だったので、「ああ」と頷く。

「そうらしいな。男顔負けの英才教育だ」

顔負けどころか、これほどまで多岐に渡る分野を学ばせている家は数えるほどだろう。それを「精通」というレベルにまで達しているとなると、おそらくこの国中ではいないのではないだろうか。

「語学も数か国語は読み書きができるらしいよ。まあ、宰相による申告だから、どこまでが本当か分からないけど」

親の欲目ってのがあるしね、とジェイクは皮肉っぽく笑ったが、ゲイルは首を横に振った。

「常に十手先を読んで行動していると言われている、あの宰相だぞ。親の欲目などで現実を見誤るわけがないだろう」

「ん～……それはそうかも。……でも、これが本当なら、現段階では彼女が一番王太子妃に近い候補者ってことになるね」

ジェイクの言葉に、ゲイルは顎に手をやってじっと考えた。

宰相の娘、フレイヤ・エリザベス・セシルの顔を思い浮かべる。

美しい娘だった。白い顔は片手で覆えるのではないかというほど小さく、その容貌はビスクドールのように愛らしかった。真夏の陽光のような金の巻き毛を上品に結い上げ、鮮やかな空色の瞳に知的な光を宿してこちらを見つめてくる姿は、あまりに完璧に整い過ぎていて、どこか浮世離れした存在だと感じてしまうくらいに。

「まあ、知識や教養だけが決め手なわけじゃない。重要なのは、王太子を裏切ることはないという確信を持てるか否かということだ」

「確かに、いつ寝首を掻かれるか分からない後ろ盾なんか、政敵よりまだ性質が悪い」

げんなりした顔で言ったジェイクに、ゲイルは厳しい表情で頷いた。

政敵――具体的な名を挙げれば、ラトランド侯爵に対抗するための力のある後ろ盾。今回集めた内の四人は、いずれもそれだけの権力のある家の娘ばかりだ。

ラトランド侯爵の姪であるリリー・ブランシュが候補者の中に入っているのは、無論体面としてである。敵対しているからといって選択肢からラトランド侯爵を除けば、後々難癖をつけられるのは目に見えている。あくまで選択肢の一つに加えておかねばならないのだ。

「だからこそ、慎重に選ばなくては。……それにしても、宰相の令嬢は……少し妙な感じがしたな」

ゲイルが呟くと、ジェイクがキラリと目を輝かせる。

「なになに？　何か企んでそう⁉　悪人⁉　叩っ斬る⁉」

腰に下げた長剣の柄に手をやっての台詞に、ゲイルはやれやれとため息をついた。

「そうじゃない。すぐに武力行使をしたがるのはやめろ。お前の悪い癖だ」

注意すると、ジェイクは面倒臭そうに肩を上げて生返事をする。

「へ～い」

「返事は『はい』だ」

「はいはい」

「一度でいい」

「はーい」

まるで親子のような会話にこめかみを揉みながら、ゲイルは会話の筋を戻した。

「五人の令嬢の中で、彼女だけだったんだ。お前を見ていなかったのが」

「……へえ？」

「いや、正確には、お前に見惚れなかったのが、と言えばいいか」

ホールにジェイクが登場した時、令嬢たちの視線が一気に彼に集中した。

誰もが彼の華やかな美貌に色めき立っていた中で、あのフレイヤという令嬢だけは、淡々とした表情だったのだ。淑女らしい微笑を浮かべたまま、あの鮮やかな青色の瞳をジェイクへ向けたものの、そこには感情の起伏は見られず、初めて目にする王太子の姿を冷静に見定めているように見えた。

思い当たる節があったのか、ジェイクも「ああ～」と声を上げて首肯した。

「だね。みんな僕の顔を食い入るように見てたけど、あの子は珍しい動物を見るみたいな目で観察してきた。女の子にあんな目で見られたの、初めてかもしれないよ」

自分の見た目が女性受けすることを自覚している男が、不満げに唇を尖らせる。

呆れて半眼になっていると、それに気づいたジェイクが悪びれずに「だって僕が美人なのは事実だし」と言ってのけた。

「自信満々で大変結構」

ゲイルは呆れるを通り越してクッと笑いを噛み殺す。

幼馴染みゆえ、こういう男なのは百も承知で、だからこそ相棒にと見込んだわけなのだが。

「あの宰相に英才教育を受けたという娘ならば、何事にも惑わされない冷徹さを持っていても不思議じゃない。妙な感じがしたというのは、その後だ。彼女はお前ではなく、他の候補者たちの顔を見た瞬間、目を輝かせたんだ。いかにも意欲に満ちた表情だった」

ジェイクへ向けていた冷徹な眼差しが、一転してキラキラと輝き出したのだ。

精緻な人形のようだと思った美貌が、一気に血の通った華やかなオーラを纏ったので、本当に同じ人物なのかと凝視してしまったほどだ。

人形のようだった時には全く魅力を感じなかったが、彼女の空色の瞳が輝きだした瞬間、目が離せなくなった。それは、生まれて間もない仔犬が兄弟たちとじゃれ合う姿を見て、堪らなく愛らしく感じてしまうのと似ている。

「ふぅん……？　つまり？」

ゲイルの言いたいことを理解できなかったようで、ジェイクが小首を傾げた。

確かにゲイル自身にも漫然としていて捉えづらい感覚だから、仕方がない。

どう説明したものか、と頭の中で考えながら言葉を重ねる。

「これは私の……勘のようなものになるが、おそらく彼女の感心は、お前ではなく、他の候補者たちにある気がする」

「……なるほど。フレイヤ嬢が何かを企んでいたとして、それは王太子ではなく他の令嬢がターゲットである可能性がある、ということか」

ジェイクの言葉に、ゲイルは頷いた。

この王太子妃選定会は、候補者の背後にいる権力者たちの思惑が交錯している。

相手を蹴落とすことを目論んでいて当然なのだ。

「あの腹黒宰相のことだ。何かを企み、娘に実行させている可能性は十分にある。しばらく私が彼女の動向に注意して……そうだな、監視しようと思う」

ゲイルの提案に、ジェイクも異論はなかったようで「分かったよ」と二つ返事で了承する。

「ゲイル。最初の一歩だ。僕たちは決して負けない。決して諦めない。目的を達成するために、必ず、相応しい王太子妃を選び出そう」

これまでのどこかおちゃらけた表情を改め、ジェイクが真っ直ぐにこちらを見つめて言った。その目をしっかりと見返し、ゲイルもまた頷く。

「ああ。必ず」

第三章　暗中模索

『自分の最も得意とするものを、皆の前で披露すること』

　これが王太子から出された最初の課題だった。

『何を披露するのかは、当日まで内緒にしてくれて構わない。もちろん特技発表会というだけだと面白くないから、発表者以外の者には発表者の後、同じことを披露して見せる権利を与える。例えば——詩の朗読に自信がある者が披露する。それを見た上で、己の方が発表者よりもうまくやれると言う自信があれば、その後で同じことを披露してみせることができるというわけ』

　そう王太子がにこやかに説明した時、同じように笑顔で相槌(あいづち)を打ちながら、フレイヤは心の中で盛大に叫んでしまった。

（性格悪ッ!!!）

　王太子殿下に対して不敬極まりないが、それも無理はない。王太子が提示してきたのは、根性悪でなければ、思い浮かばないようなルールの課題なのだから。

　自信があると言って披露したものを公開してしまった後で、他の人がそれに上回る出来のものを出して来たら、当たり前だが赤っ恥をかくことになる。

そしてもう一方で、他の候補者の得意とする分野の華麗な発表の後で、自分が得意ではないにもかかわらず、その発表をしてみせなければならないとなれば、恥をかくリスクが高いのは自明の理だ。

(確かに、候補者の為人を暴くためには、これ以上はない方法ね)

初手から一気にドロドロとした展開になる課題を提示し、それを上から見物してやろうというこの王太子は、かなりの腹黒男であることはもう間違いない。

(けれどこれは要するに、候補者の自尊心と虚栄心の在り方、そしてその二つのバランスを上手く取ることができる能力の如何を問うテストというわけね……)

王太子妃候補を選び出し、その令嬢を王太子妃に押し上げるという目標を掲げているフレイヤにしてみれば、彼女たちの資質を見る良い機会だ。

だが同時に、王太子妃に相応しい令嬢が、早々に蹴落とされてしまうかもしれない試練の場でもある。

だから試練に赴くその前に、ある程度の目星はつけておきたいところである。

(まずは情報収集ね)

フレイヤは自室で一人頷いて、早速取り掛かることにした。

＊＊＊

ゲイルは目の前の光景を、やや呆然（ぼうぜん）と眺めた。

「まぁ、それならば、グリーンフィールというハーブはどうかしら？　ネギに似たハーブなのだけど、爽やかな風味が肉料理や魚料理によく合うの。シャクシャクとした食感も楽しいからとても人気があるのよ」

細くて白い指を柔らかそうな頬（ほお）に当て、ハーブについて語っているのは、腹黒宰相ことポウィス侯爵の一人娘、フレイヤ嬢だ。

豊かな金の巻き毛を清楚（せいそ）に結い上げ、グレーのドレスに身を包んでいる。ドレスはまるで侍女が身に着けていてもおかしくないようなシンプルなもので、彼女が着ている姿はどこかちぐはぐに見えた。

（言動や所作に品がありすぎて、違和感が出てしまうのだろうな……）

伸びた背筋、音を立てない歩き方、指先に至るまでその動きの軌道は典雅で、東洋の舞を見ているかのようだ。

（こんな動きができるのは、幼い頃から訓練を受けてきたからだろう）

付け焼き刃でできる類のものではなく、長年繰り返されてきたことでその人と同化してしまうような技術だ。さすがはあの宰相の娘といったところか。

同じ貴族の令嬢であっても、ここまで徹底した所作ができる者を見たことがない。

だがそれはひとまず置いておこう。

今問題なのは、その淑女の鑑（かがみ）とさえ言うべき令嬢が、今現在立っている場所である。

なんと彼女は今、離宮の厨房（ちゅうぼう）で、料理人たちと和気あいあいとお喋（しゃべ）りをしているのだ。

（何故貴族の令嬢が厨房になど……!?）

王太子妃選定会が始まって二日目、ゲイルはジェイクに伝えた通り、しばらくフレイヤの動向を探るために、彼女を監視していた。

フレイヤは朝起きて身支度を整え、朝食を終えると、何を思ったか侍女も連れずに厨房へと足を運んだのだ。そしてゲイル同様驚く料理人たちに、笑顔で朝食の礼を告げたのだ。

そこからは彼女の独壇場で、今日の朝食がいかに美味しく、そして見た目も美しく、完璧だったかを滔々と語ったかと思うと、様々な地方の料理法についての談義を始めたのだ。

「グリーンフィール……ですか？　聞いたことがないですが……」

令嬢の発言に応えているのは、この離宮の厨房を任されている料理長だ。

王太子は常に命を狙われていると言っても過言ではない。その王太子の口に入る食物の管理を任せる料理長という職には、信頼の厚い者を登用した。

実直で職人気質、決して曲がったことはしないけれど、頑固で気難しい一面もあるその初老の男は、ほとんど初対面であろう娘を相手に、ずいぶんと優しげな表情をしている。

「そうかもしれませんわ。寒い地方ではよく使われるけれど、暖かい王都の方ではあまり見かけませんから。我がポウィス領では、燻製肉の冷製によく添えられていますのよ」

「へえ、そんなハーブが。エシャロみたいなやつですかね」

ふむふむ、と料理長が興味を引かれたように頷いた。エシャロは小さな白い玉ネギのような野菜で、肉料理によく合わせられるが、独特の香りと辛味で苦手な人も多い。ちなみに、ゲイルも苦手である。

「そうね、味は近いかもしれません。でもエシャロほど辛くないし、鮮やかなグリーンだから彩りにもなるわ。料理長の魔法のような手にかかれば、きっと美味しい上に、とても美しい一品になると思うの！」

両手を合わせて笑顔で言うフレイヤに、料理長も周囲の使用人たちも一様に微笑みを浮かべる。さもあらん。いかにも貴族の令嬢然とした冷たい美貌のフレイヤが、無邪気な子どものような微笑みを浮かべたのだから。

人は笑顔一つでこんなにも印象が変わるものなのか。そう思ってしまうくらい、フレイヤの笑顔は愛らしかった。

こっそりと遠目から観察しているゲイルですら、不覚にも胸がドキリとしてしまったほどだ。

「お嬢様がそれほどにおっしゃるなら、グリーンフィールとやら、使ってみましょう」

料理長がアッサリとそんなことを言い出すものだから、ゲイルはため息をつきたくなる。

（王族の料理を作る者が、こうも易々と他者の口車に乗ってしまうとは……）

ポウィス領ではメジャーだというそのハーブを仕入れるには、ポウィスから取り寄せなくてはならない。すなわち、フレイヤ——ひいては宰相の息のかかったポウィス民から仕入れるわけだ。宰相が王太子を殺そうとしていたなら、そのハーブに毒を混ぜれば暗殺完了である。

ラトランド侯爵との対立しがちな関係であることから、現段階で宰相は王太子派であるだろうと推測されているが、今は中立の立場を守っており、まだその意向を明らかにはしていない。常に十手先を読んで行動すると言われる切れ者宰相だ。思いもかけない理由から、王太子を見限る可能性は十二分にある。

逆に言えば、宰相は是が非でもこちら陣営に引き入れたい人物であるとも言える。

だからこそ、こうしてゲイル直々にフレイヤを見張っているわけなのだが。

(それにしても、期待外れの不甲斐なさだったな)

と頭の中で料理長への評価を下げそうになって、いや、と首を横に振った。

(今回、離宮の人員は全て信頼のおける者を厳選している。つまりそれ以上に、フレイヤ嬢の話術が巧みというわけか)

話術が、というよりは、人たらしぶりが、と言うべきか。

料理長のみならず、あそこにいる全員が彼女に好印象を抱いているのは、彼女を中心にできている人の輪や厨房全体を包む朗らかな雰囲気から明らかだ。

「あまりに美味しい朝食に感動して、お礼を伝えに来ただけだというのに、ずいぶんと話し込んでしまいましたわ。お仕事の邪魔をしてしまってごめんなさい」

フレイヤがすまなそうな表情で言うと、料理人たちは驚いたように「とんでもない!」と首を横に振った。

「我々は自分の仕事をしていただけですのに。それをこうして直々に褒めてくださるなんて、感動しました!」

「本当は、誰かに伝えてもらう方が礼儀正しいのですけれど。でも自分の口で伝えたくて……お行儀が悪いなんてお思いにならないでね」

確かに貴族の令嬢が使用人に礼を伝えに厨房に来るなど、常識外れもいいところだ。もしここにマナーの教師がいたら、卒倒するに違いない。だがそんなお貴族様のマナーなど、平民である使用人たちが知るはずもない。型破りなお嬢様、くらいには思っても、礼を伝えに来た者へ怒りや嫌悪といった負の感情を抱く者はいないだろう。

「とんでもない！」

「当たり前ですよ！　お行儀が悪いなんて思いもしなかった！」

「わざわざ俺たちに声をかけてくださるだけでも、ありがたいくらいなのに！」

皆が口々に言うと、フレイヤはホッとしたように微笑んだ。

「ありがとうございます。そう言っていただけると、とても嬉しいわ。皆さん、なんてお優しいの」

またも衒いのない笑みを向けられ、場の空気が更にほんわかと緩んでいく。

（……あ、あざとい……！）

遠くから観察しているゲイルには、フレイヤがあの場の人間を掌の上で転がしている様が、非常によく見て取れた。言動一つ、笑顔一つとっても完全に計算の上だ。

よく似た人間を知っている。

言わずもがな、宰相ウィリアム・ヘンリー・コートネイ・セシルである。

あの娘は、良くも悪くも、父の頭脳と行動力をしっかりと受け継いでいるらしい。

（だがいずれ王妃となるならば、これくらいの腹芸ができなくては務まらないのも事実）

なかなかの逸材だな、と微笑みながら、ゲイルは厨房を後にする彼女を追った。

＊＊＊

厨房を出たフレイヤは、どこへともなく歩きながら、ふう、と小さく息を吐いた。

（ひとまず厨房への顔見せは完了ね）

王太子妃選定会へは、自分の侍女を伴えなかった。選定会の中で起こっていることを他へ漏らさないためらしいが、言い換えれば自分の身の回りの世話をしてくれる侍女すら王太子の手の者という状況だ。自分の独り言すら王太子の耳に入っていると考えていい。

離宮はいわば、自分の味方は一人もいない敵地も同然というわけである。

（となれば、やることは一つ）

味方を作ることである。情報戦が必須となる以上、些細な出来事でも把握しておきたい。自分の代わりの目や耳となってくれる者――情報を与えてくれる者をできるだけ多く作っておく必要があるのだ。フレイヤはそのために、離宮で働く者たちに片っ端から声をかけ、できるだけ早く顔見知りになっておくつもりだった。

（こういう時に役立つのが、ポウィスで培った社交術よね）

故郷であるポウィスでは、北の先住民たちと交流を図るために、彼らと一緒になって狩猟をしたり、家となる家屋を建設したりした。ポウィスの民は外から来る者への警戒心が強い。彼らの生活に密着し、同じことをすることで信頼を勝ち取らねばならないからだ。

だが一度その懐に入ってしまえば、ポウィスの民が裏切ることはまずない。

ポウィスの民は女であっても狩猟もすれば力仕事もするので、それに交じって働くのはなかなか大変だったが、苦労した甲斐があるというものだ。

そういう経験があるから、たとえそれが貴族の令嬢としてはマナー違反の行為だったとして、フレイヤは使用人たちと言葉を交わし、心の交流を図ることになんの抵抗もない。

そういう意味で貴族の令嬢としての気位はあまり持ち合わせてはいないが、矜持は別の面でしっかり持っているので問題はない。

自尊心には、使いどころというものがあるのだ。

「さて、次はどこにしようかしら……」

フレイヤの部屋付きになった侍女は、もう昨日の段階で仲良くなった。他の侍女たちにも顔を合わせておきたいが、彼女たちにも仕事があるから、頃合いを見計らっておいおい進めていく予定だ。

（庭……かしらね）

情報はいろんな所に落ちているものだ。そしてそれはこの三日月宮の中でも、令嬢たちが過ごすと思われがちな客間やボールルームではなく、庭や厨房、厩など、思いもしない場所であることが多い。

（隠し事は、こっそりとするものだから）

思いがけない場所にこそ、網は張っておくべきなのだ。

「お庭を散策させていただきましょう」

独り言を呟き、フレイヤは足を中庭へと続く回廊へと向けた。

中庭は花盛りだった。色とりどりの紫陽花(あじさい)の並木、中央に置かれた噴水の周囲は鮮やかなピンクの芝桜(しばざくら)が敷き詰められ、噴水の水の色までを薄い桃色に見せている。

中でも、フレイヤの目を惹(ひ)きつけたのは、紫陽花の背後に一本だけ立つ大きな木だった。

白い細かな花をこんもりとつけた木から、爽やかで甘い芳香が漂ってくる。

「まあ、エルダーフラワーね！」

花や実、葉に至るまで薬効があるとされる植物だ。耐寒性があり、寒いポウィスの森にも自生しており、森に住む北の民たちの常備薬の材料になっている。北の民が作る花のシロップ漬けや、実の甘酸っぱいジャムなどが大好きなフレイヤは顔を輝かせた。

ドレスの裾を持ち上げ、小走りでエルダーフラワーの傍まで行くと、花に顔を近づけてその芳香を思い切り吸い込む。

「ああ……いい匂い。懐かしいわ……！」

社交界デビューをしてから、もう何年もポウィスの地を踏んでいない。フレイヤの愛して止(や)まない大いなる北の大地と、実直であたたかな民たちの笑みを思い浮かべ、ついしんみりとしてしまった。

「皆、元気でいるかしら……」

皆、今はきっと忙しいだろう。この時期になると、ポウィスの民は大人から子どもまで、仕事に明け暮れるのだ。森では動物を追って狩りをし、果物を採取し、衣服を作るために樹皮を剥(は)いで集め乾燥させる。川では罠(わな)にかけた魚を上げ、村では育てている芋や野菜の世話をし、採ってきた実や薬草を保存食に加工する。来たる静寂の冬に向けて、動ける限りの備えをする動の季節――それが夏なのだ。

フレイヤは父の方針で、十歳の時に一年間彼らと暮らしたことがあった。一年を通して彼らの生活を直に学び、自然と直結したルールの中で生きる厳しさと温かさを知った。そしてその自然と一体化した文化の魅力に取りつかれたのだ。

王都の暮らしは華やかで便利で、魅力がないとは言わない。大勢の人々が集まる場所には文化の融合があり、日々目まぐるしく変化する様子はとても躍動的(やくどうてき)で、目が離せないものがある。だがふとした瞬間に、フレイヤの心はポウィスの森へと還(かえ)ってしまう。

魂が引き寄せられる――そんな感覚と言えばいいだろうか。

(わたくしはもしかしたら、ポウィスの森の狼だったのかもしれないわね)

ポウィスの民の言い伝えで、ポウィスの森で生まれた狼は、死んでも必ずまたポウィスの森に還って来るというものがある。ポウィスを愛して止まないから、魂が戻って来てしまうのだそうだ。

まるで自分そのものだ、とおかしくなって笑っていると、遠くの方から女性の悲鳴が聞こえてきて、ハッと顔を上げる。どこから聞こえたのかと辺りを見回していると、今度は獣(けもの)の唸(うな)り声のようなものが聞こえてきた。

(……犬の声? 唸り声なんて、まさか野犬? こんな場所で?)

王太子妃選定会が行われている現在、離宮の警備は厳戒態勢が敷かれているはずだ。そんな所に野生の獣が入り込めるわけがない。

一瞬自分の耳を疑ったが、獣の唸り声はまだ止まない。

そして女性の金切り声がもう一度響いた瞬間、フレイヤは走り出した。

立ち並ぶ紫陽花の木々を掻き分け、その奥に立ちふさがる椿の並木の壁に行き当たったところで、背後から腕を掴まれて、抱き寄せられて息を呑む。

ふわりと青葉の香りが鼻腔をくすぐった。

「お待ちください！」

潜めた声は低く、男性のものだった。

ギョッとして悲鳴を上げようとした唇は、大きな手にあっという間に塞がれてしまう。

「お静かに！　怪しい者ではありません」

羽交い絞めにされ口を塞がれた状況で、怪しい者ではないと言われたところで、信じるばかがどこにいるというのか。フレイヤはムッとして首を捻って、またギョッとなった。

そこにあったのは、秀麗な美貌——男らしい精悍な輪郭に、凛々しい眉、高く通った鼻梁、そして一番印象的な、鋭い灰色の瞳。

(——あの方だわ！)

王太子の背後に控えていた、黒髪の近衛騎士だ。あの時も整った顔の男性だと思ったが、近くで見ると美しさがより際立って見えた。何故だろうか。男性の顔にこれほど見惚れたことはないというくらい、彼の美貌には惹きつけられてしまう。

眼を真ん丸に見開いて固まったフレイヤに、黒髪の騎士は少し困ったように眉間に皺を寄せる。

「驚かせてすみません。私は王太子殿下の近衛騎士です。怪しい者ではないので、どうぞご安心ください」

彼の言葉に、フレイヤは口を塞がれたままコクコクと頷いた。

フレイヤが素直に頷いたことが意外だったのか、騎士は「おや」というように眉を上げたが、安心させるようにニコリと微笑んだ。

「今から手を離しますが、どうぞ大きな声はお出しになりませんよう。いいですね？」

前置きをされなくても、もう悲鳴を上げるつもりはないが、フレイヤはまたコクリと頷いて見せる。すると騎士は灰色の瞳をフッと優しく細めた。

（まぁ……！）

フレイヤは心の中で感嘆する。鋭い狼のような印象だったのが、眼差しを優しくするだけで、これほどイメージが変わるものなのかと、感動を覚えた。

それはちょうど、ポウィスの民が警戒を解き、懐に入れてくれた瞬間によく似ていた。

口を覆っていた大きな手の温（ぬく）もりが離れていき、身体を拘束していた長い腕もいつの間にか解かれて、二人は向かい合う。

自由になったフレイヤは、居住まいを正して彼を見上げる。

大きな男性だ。あの時遠くから見ても長身だと思ったが、こうして近くで見ると、まるで大木を見上げている気分になってしまう。

（手も大きくて、腕もとても太く、力強かった。胸板だって弾力があって、すごく厚みがあるのが分かったわ……）

その逞しい胸の中に抱き締められたのだと思うと、妙に顔が火照ってきてしまう。それをごまかすように小さく咳払いをすると、フレイヤは騎士に向かって言った。

「ええと、それで、王太子殿下の近衛騎士様が、どうしてわたくしを羽交い絞めに？」

周囲に人の気配はなかったように思う。突然現れて、しかも羽交い絞めにするとか、どういうことなのか。

そもそも王太子の傍にいないといけない人が、何故こんな場所に一人でいるのだろうか。

改めて考えると疑問が次々に浮かんでくるが、フレイヤは黙って答えを待つ。

すると騎士はさも当然といったように肩を竦めた。

「あなたが悲鳴のした方に走っていくのを見たからです。危険ですから」

「まあ！」

危険だから助けに行くのではないか。そう反論しかけて、ハッとする。

「そうだわ、わたくしは助けに行く途中だったのよ！」

この騎士の美貌に気を取られて、大事なことを忘れそうになっていた自分に舌打ちしたい気持ちになりながら、フレイヤはクルリと踵を返した。

そのまま走り出そうとすると、「待て待て待て」とぞんざいな声が降ってきて、太い腕がガシリとウエストに絡みついた。

押さえられて一歩も動けなくなってしまったフレイヤは、キッと騎士を睨（にら）み上げる。

「ちょっと！　離していただけます？」

「離せませんね。あなたがわざわざ行かなくとも、すぐに我々の仲間が駆け付けます。この離宮の至る所に近衛騎士が待機しておりますから」

「それならあなたが行ってはいかが⁉」

お前とて近衛騎士だろう、と嫌味（いやみ）を言えば、騎士はフンと鼻を鳴らす。

「私が行くまでもない。まして、足手纏（あしでまと）いにしかならないあなたが行く必要など欠片（かけら）もないと申し上げている」

騎士は辛辣な台詞を吐いて、面倒くさそうにフレイヤを小脇に抱え込む。

まるで荷物でも持つかのようにぶら下げられて、フレイヤは目をぱちくりとさせた。

侯爵令嬢である自分をこんなふうに扱う人間など、この王都では一人もいなかった。

ちなみにポウィスに帰ればたくさんいる。幼い頃に暮らした村長の家であるペテイ家では、未だに皆がフレイヤを本当の娘のように扱うからだ。

（この人、なんだかペテイの兄弟（ユーズボ）みたいだわ）

ユーズボとはポウィスの言葉で「兄弟」と言う意味だ。ペテイ家には息子が三人もいて、皆フレイヤよりも年上だったため、「小さな妹（マチカン）」と呼んで可愛がってくれた。よく肩車やおんぶをして遊んでくれたものだ。

雑に扱われたことで親近感を抱きながら騎士を見つめていると、怪訝（けげん）な顔で見返された。

「何故笑っているのです？」

「え？　わたくし、笑っていて？」

指摘され、フレイヤは自分の頬に手をやって訊き返す。自分が笑っているなんて気づかなかった。雑に扱われて笑うなんて、怪訝な顔をされて当然だ。

「あなたが親しい人によく似ていたので、つい笑顔になってしまったんだわ」

少し顔を赤くして言い訳のように呟くと、騎士はクスリと笑う。

「不思議な人ですね、あなたは。淑女然としているのかと思えば、厨房で使用人たちに交じって談笑していたり、花を愛(め)でていたかと思うと、悲鳴を聞きつけて駆け付けようとする。淑女らしいのか、らしくないのか、どちらなんですか」

「あ、あなた、朝からずっと、わたくしの後を付けていらしたの⁉」

朝自室を出てからの自分の行動を順序良く述べられて、フレイヤは今度こそ顔を真っ赤にした。疑問形で言ったが、ほぼ確信していた。後を付けていないと分からないことばかりだからだ。

「私の仕事は、王太子殿下の周囲の脅威(きょうい)を取り払うことですから」

騎士は淡々と答える。謹厳(きんげん)そうなその表情からは、職務に忠実であることが窺(うかが)えた。私情で動いているわけではなさそうだ。

「つまり、わたくしが王太子殿下の脅威であると仰(おっしゃ)りたいと？」

この騎士が朝から後を付けていたのは監視のため、ということだ。だが、その理由は何なのか。脅威呼ばわりされるような何を、自分がしたと言うのか。

フレイヤは挑戦的な目で騎士を睨む。——小脇にぶらさげられている体勢では、まったく威厳はなかっただろうが。

「今はまだ断定ではなく、疑惑の段階です。ただあなたの行動は不可解で、我々はそこに行動原理を見いだせなかった。殿下の周辺で取られた理由のない行動は、攻撃と捉えることにしております」

「なるほど」

フレイヤは納得して首肯した。疑わしきは罰せよ、という方針だ。

王太子の身を守るためには、それも致し方ないのかもしれない。

（つまり、わたくしの『淑女らしからぬ行動』が、疑わしいと言うことかしら）

具体的には、貴族の子女であれば近づくことはない厨房に足を踏み入れただけでなく、そこで使用人たちと仲良くお喋りをするとかいった行動を指すのだろう。

（確かに、貴族の令嬢ならば絶対にしない行動よね。そこになんらかの企みがあるのではと疑ってもおかしくないわ……）

というか、自分が王太子だったら間違いなく疑う。イレギュラーな行動には裏があると考えるのはセオリーだからだ。フレイヤは人差し指を立てて騎士に訊ねた。

「では、わたくしの行動の理由をお伝えすれば、脅威であるという疑惑は晴れるということですか？」

フレイヤの言葉に、騎士はわずかに目を眇める。

「……疑惑を晴らすかどうかは分かりませんが、一応伺いましょう」

慎重な返答に、フレイヤは満足して微笑んだ。

(大変結構。王太子殿下は良い部下をお持ちなようね)

自分程度の小娘の掌の上に乗っかってしまうようでは、王太子の側近としては心許ない。

久しぶりに出会う手ごたえのある人間を前にして、フレイヤはワクワクとした気持ちになった。

「単刀直入に申します。わたくしは、王太子妃になるつもりはありません」

フレイヤがきっぱりと告げると、騎士は一瞬動きを止め、やがてフレイヤを下ろして立たせた。ようやく解放されたけれど、こちらを見下ろす長躯からの圧力が半端ない。逃げ出す気は元々なかったので、フレイヤは射竦めるような鋭い灰色の瞳を、真っ直ぐに見返して微笑んだ。

「わたくしは、父の領地ポウィスを継ぐつもりですから。生まれ育った故郷の地を、心から愛しているのです。ポウィスの民と共に、ポウィスの未来のために生きたい。ですから、王太子妃になどなっていられないのですわ」

今の段階でこの男に自分の計画を明かしていいものか、と逡巡したのは一瞬だ。

よりによって王太子側に「仇なす者」と疑惑を持たれてしまった以上、この王太子妃選定会をフレイヤの思うように進めていくことは不可能になったも同然だ。それどころか、疑惑を持たれているがゆえに、不興を買って処罰される事態になりかねない。娘の罪は親の罪。宰相である父にも多大な迷惑をかけてしまうだろう。

そうなってしまう前に、その疑いとやらを晴らすのが先決だ。幸いなことに、『フレイヤが真面目に選定会に参加している』と思わせなければならないのは、王太子ではなく父である。

(ならばお父様を騙すために、王太子殿下側に共犯になっていただきましょう)

そうして最も相応しい王太子妃を選び出すために、協力していけばいいのだ。

ドヤ！　と言わんばかりにキラキラとした表情で言ったフレイヤに、騎士は更に目を細めた。これは胡散臭いと思っている顔である。

(まぁ、そうよね)

にわかに信じがたいのは、非常によく分かる。

「……それで？」

「王太子妃選定会に参加したのは、父に命じられたからですの。ですが父の思い通りにさせるのは癪に障るので、条件を出しました。『王太子に選ばれなければ、ポウィス領主の正式な後継ぎとする』と。この選定会で、わたくし以外の方を王太子妃に押し上げるのが、わたくしの目的ですわ」

フレイヤの説明を、騎士は黙ったまま聞いていたが、眉間に皺を寄せて質問をしてきた。

「あなたの目的がそれだったとして、不可解な行動の理由は？」

「厨房で料理人たちと談話していたのは、情報を得やすいようにしておく根回しです。一度でも面識がある者に対して人間は警戒心を緩めがちですから。できるだけ早くこの離宮中の使用人に話しかけ、顔見知りになっておくつもりでした。どの方を推すか——王太子妃に相応しい方がどなたなのかを判断するために、情報は多い方がいいでしょう？」

小首を傾げて同意を求めたが、騎士は口の端を曲げながらも「なるほど」と相槌を打つに留める。

「ではつまり、不可解な行動は、手段を選んでいないから、ということですか？」

「それもありますが……、わたくしが社交界での評判に興味がないせいもあるのかと。型破りな令嬢だと噂が立ったとして、王都から遠く離れたポウィスで生きていく分には、社交界の評判など意味のないものですから」

スッパリと言い切ると、騎士は眼差しを緩めた。

「それはまた……ずいぶんと潔い」

驚きの色が混じる声音に、フレイヤは軽く肩を上げる。

「施政者になるならば、取捨選択をする決断力は不可欠ですもの」

「確かに」

騎士からようやく同意の言葉が出てきて、フレイヤは心の中でホッとした。

「これで疑惑は晴れましたか？」

期待を込めて訊くと、騎士は顎に手をやって少し考え込む。

「あなたの説明は非常に論理的で納得できるものだった」

「ありがとうございます」

パッと顔を輝かせたフレイヤは、次の騎士の言葉でまたすぐにしゅんとなった。

「ですが残念ながら完全に疑いが晴れたとは言えません。あなたが自分の言葉を証明してみせるまでは――即ち他の候補者が無事に王太子妃の座に就くまでは、私が監視に付くことになると思います」

（そう来るのね……）

王太子の監視付きで動き回らなければいけないなんて、非常に鬱陶しいし目立つし、機動力が下がりそうだ。

とほほ、と思っていると、騎士がニヤリと口の端を上げた。

「ただし、近衛騎士としてあなたを完全に信じることはできないが、私個人としては、信じてもいいかと思っています」

「……え……」

彼が言わんとしていることを捉えきれず、フレイヤはパチパチと目を瞬く。

そんな彼女の目の前に、騎士はニュッと大きな手を差し出してきた。

「共闘しましょう、フレイヤ嬢。この選定会で相応しい王太子妃を、というのは、我々の悲願でもある。目的を同じくする我々は、良いパートナーになれると思うのですが」

騎士の台詞に、フレイヤの全身の皮膚が粟立つ。

「――も、もちろんですわ！」

勢い込んで両手で彼の手を掴んでしまい、盛大に噴き出された。

「そんなに焦らなくとも、私は逃げやしませんが……」

「わ、分かりませんもの！　ちゃんとしっかり握っておかないと、逃げてしまうかも！」

焦っているせいで、よく分からない返しをしてしまった。そもそも、自分は今何故こんなにも焦っているのだろう。

騎士はまた声を立てて笑ったが、やがて笑いを治めると改めてフレイヤに向き直る。

「私の名前はゲイルです。これからよろしくお願いします。フレイヤ様」

こちらに向けられた灰色の瞳が、柔らかく潤むように細められる。

（……あ、銀色に……）

陽光の加減か、瞳の色が銀色に光って見えて、フレイヤは視線が釘付け（くぎづ）けになった。

まるで早春のポウィスで見る氷柱（つらら）のようだ。寒さがわずかに緩み、春の気配を感じ始める頃、家屋の屋根からぶら下がる氷柱が解け、雫（しずく）を纏って光るのだ。透明な中に周りの景色を映しこんだ複雑な色合いが融（と）けて滴る様は、不思議で静謐（せいひつ）な美で、幼いフレイヤの心を惹きつけた。彼の瞳は、あれに似ている。

「わたくしこそ、どうぞよろしくお願いいたしますわ、ゲイル様」

彼の目を見つめたまま、フレイヤはなんとか挨拶を返す。

握った手は大きく、力強かった。

心臓がいつもより早鐘を打っている気がしたが、気づかない振りをした。

――その次の瞬間、つんざくような悲鳴が響き渡る。

「誰か！　狼よ！　誰か助けてぇえええええ！」

フレイヤとゲイルは顔を見合わせると、共に声の方向へ駈（か）け出した。

＊＊＊

「あなたは待っていてください！」

「そんなことを言っている場合じゃありませんわ！」

そんな言い合いをしながら辿り着いたのは、白いガゼボの前だった。

そこにはティモシー侯爵令嬢ローザとラトランド侯爵の姪で王宮騎士のリリー・ブランシュ、そしてその二人と向かい合うようにしてベッドフォード公爵令嬢ヴァイオレットが立っていた。

ローザは怯え切った表情で涙を浮かべており、リリー・ブランシュは険しい顔でローザを背後に庇うようにして立っている。それもそのはずだ。ヴァイオレットの脇には大きな灰色の獣が唸り声を上げていたのだから。

（――野犬⁉　いいえ、これは……！）

歯を剥き出しにして威嚇している獣は、一見犬に見える。

だが犬にしては大きすぎる。立った耳、長い顔、筋肉質な肢といった特徴を目で確認していると、フレイヤとゲイルの姿を見つけたローザが泣き声で叫んだ。

「騎士様！　助けてください！　ヴァイオレット様が、その狼を！」

指を差されたヴァイオレットは蒼褪めた顔で首を横に振っていて、獣は更に唸り声を上げる。

「ち、ちがいます……！」

「何が違うのよ！　そんな凶暴な狼を三日月宮に持ち込んで！　わたしたちを襲おうとしているんでしょう！」

キンキンと甲高い声で叫ぶローザに、静かに獣を睨むリリー・ブランシュ、そして獣を従えてひたすらオロオロとしているヴァイオレット、という構図に、フレイヤは目をパチパチとさせる。

「……これは、一体どういう状況なのですか」

フレイヤと同じ疑問を口にしたのは、隣に立つゲイルだった。おそらく、先程聞こえた悲鳴はローザのものだろう。どうやらヴァイオレットが従えている犬に似た獣に怯えてのことのようだが……。

「私とリリー・ブランシュ様がお庭を散策していたら、ヴァイオレット様がその狼をけしかけてきたのですわ！」

「けしかけて……、ですか」

興奮した声で説明するローザに、ゲイルはあくまで淡々と相槌を打ちながら、ヴァイオレットの傍の獣を観察する。大きな獣の首には、赤い革の首輪がされていて、そこから伸びる手綱はヴァイオレットの手にしっかりと握られている。その上、その獣は威嚇するように尾を上げているが、ピタリとヴァイオレットの傍から離れず、動こうとしていない。

（……ちゃんとヴァイオレット様を主人と認め、その指示に従っているわね）

躾（しつけ）がちゃんとなされた獣である。

「いきなり牙を剥(む)いて吼(ほ)えてきたのです！　噛み殺されるかと思いました！」

「そ、それは、ローザ様がいきなりステッキを振り回したりするから、レオンが怯えて……！」

それまでオドオドとしていただけだったヴァイオレットが、震える声で反論する。

すると反論されたことに激高するように、ローザが目を吊り上げて怒鳴り返した。

「こんな所に狼が現れたら、誰だって驚いて追い払おうとするわ！」

唾を飛ばさんばかりの金切り声に、ヴァイオレットがビクッと身を震わせた。その顔は真っ青で、今にも倒れそうだ。

（これはいけないわね……）

やれやれ、と思いながら、フレイヤはスッと一歩前に出ると、ヴァイオレットを隠すようにしてローザと向かい合う。

「あらまあ、ローザ様ったら。そんなに怖いお顔をなさってはだめ。せっかく笑顔が素敵ですのに」

感情を昂(たかぶ)らせている相手には、ゆっくりとした喋(しゃべ)り方をするのが効果的だ。テンションの違いに我に返ってくれることが多いからだ。だがローザは例外だったようで、突然フレイヤが首を突っ込んできたことに、更に眦(まなじり)を吊り上げる。

「なんですの！　あなたには関係なくてよ、フレイヤ様！」

（なるほど、助言には耳を貸さないタイプということね）

この手の人間は、自分より上の立場の者がいる時でないと、こちらの話をまともに取り合わない。正論を言えば言うほど逆上するだろうが、このまま彼女の言い分を肯定するわけにはいかない。面倒くさいなと思いつつ、フレイヤはふわりと微笑んで見せた。

「まあ、そんな悲しいことは言わないでくださいませ。わたくしたちは皆、この選定会に参加している同志ではありませんか。選定会中に起きたトラブルは皆で共有し、今後同じことが起こらないようにしなければなりませんし」

できるだけローザを否定しない内容で、かつ問題を個人ではなくこの選定会という括りにして主張してやれば、今にも噛(か)みつかんばかりの形相だったローザが、焦ったような表情に変わる。

「ト、トラブルって……そんな、私は別に……」

王太子側が具体的な選定基準を明らかにしていないので、実際がどうかは分からないけれど、選定会中にトラブルを起こせば減点対象になりかねないと考えるのは至極当然だ。

案の定ローザもそうだったらしく、急に声のトーンが下がってオロオロと視線を彷徨(さまよ)わせ、助けを求めるように隣に立っているリリー・ブランシュを見た。

すると今まで沈黙を保っていたリリー・ブランシュが、一歩前に進み出る。

女性にしては長身の彼女が前に出ると、凛とした心地好(ここちよ)い緊張感が辺りに走り、フレイヤは少し目を見張った。

(まあ、なんて堂々としていらっしゃるの)

さすがは王宮騎士といったところか。ドレスを着ていても武人らしい隙のない身のこなしが、彼女の職務に対する誠実かつ忠実な態度を象徴しているかのようだ。

「私が庭を散策していたところに、ローザ様の悲鳴が聞こえてきたため、駆け付けました。するとヴァイオレット様のその獣がローザ様に向かって唸り声を上げ、威嚇している所だったのです」

なるほど、とフレイヤは頷いた。ローザとリリー・ブランシュが仲良く一緒に散歩していたわけではなさそうだ。

(あまり共通点がなさそうな組み合わせだったから意外に思ったけれど、そういうことだったのね)

騎士として行動することが身に沁(し)みついているリリー・ブランシュが、悲鳴を聞きつけて現場へ急行するのも納得だ。

「私の推測になりますが、その獣は狼ではないですか？　そのような凶暴な獣をこの三日月宮に入れ込むなど、危険極まりない。ローザ様が怯えるのも無理からぬことかと。その狼は速やかに王城から出す必要があります」

ハキハキと己の見解を述べるリリー・ブランシュに、ヴァイオレットが顔色を変えて口をパクパクとさせるが、言葉が出てこないのか発言には至らなかった。

(……ヴァイオレット様は、ずいぶんと引っ込み思案なお方のようね)

思慮深いとも言えるが、己の意見を言えないようでは、王太子妃としては少々頼りない。

彼女が弁明しようとしないため、仕方なくフレイヤは口火を切ることにした。

「リリー・ブランシュ様の発言から、状況は概(おおむ)ね理解できました。ありがとうございます、リリー・ブランシュ様。それで、まず一つ、この場で訂正すべき事項がありますので、僭越ながらわたくしが」

言いながらフレイヤはニコリとヴァイオレットに微笑みかける。ヴァイオレットは蒼褪めた顔を更に蒼くして、フレイヤの動きを戦々恐々とした目で追っている。そんな彼女に構わず、フレイヤはゆっくりと歩み寄ると数歩前で立ち止まり、ヴァイオレットに訊ねた。

「ヴァイオレット様、この子のお名前は、レオンくんで合っていますか？」

「……は、はい……」

「レオンくんに触っても？」

フレイヤが小首を傾げて言うと、すぐさまローザの声が飛んだ。

「狼ですわよ⁉　危ないですわ！」

本気で怯えているのが分かる声音に、フレイヤが振り返って微笑みかける。

「大丈夫です。ご心配ありがとうございます。それと、レオンくんは狼じゃありませんわ。ねえ、ヴァイオレット様？」

同意を求めて視線を向けると、ヴァイオレットはパッと顔を明るくして、何度も首を上下した。

「そ、そうです！　レオンは、狼と狩猟犬の間に生まれた子なのです……！　狼じゃありません！」

「狼犬と言うのでしたっけ？　我がポウィス領に古くから住まうライデという民族は、この狼犬を繁殖させ、飼育していますの。狼犬はとても賢く、強靭です。群をなす習性があることから、誰がリーダーなのかをしっかりと理解させて調教すれば、とても優秀な狩猟犬になるそうですわ。ライデは熊をも狩る勇猛な狩猟民族ですが、狼犬の助けなければ熊狩りは困難だと言っておりました」

なんでもないことのようにサラリと説明すると、ローザはポカンとした顔になったが、リリー・ブランシュはまだ硬い表情のままだ。

「しかし、半分は狼だということだ。凶暴な獣であることに変わりはない」

（実に冷静かつ的確な反論！　素晴らしいわ！）

心の裡でリリー・ブランシュに拍手喝采を送りながら、フレイヤはニコリと微笑んだ。

「もちろんリリー・ブランシュ様の言う通りですわ。ですが、先程も申し上げた通り、狼犬はリーダーと認めた相手に逆らうことはしません。そうですわね？　ヴァイオレット様」

フレイヤが促すと、またコクリと首肯したヴァイオレットの目に、知的で挑戦的な光がキラリと瞬く。

（……あら）

フレイヤは少し驚いた。これは嬉しい驚きだ。ヴァイオレットは、オドオドとした態度からあまり主張しないタイプかと思っていたが、どうやらそれだけではなさそうだ。

「はい！　私は幼い頃から動物が好きで好きで……！　動物が好きすぎて、動物との意思疎通を図る方法はないかと、自分ながらに研究を重ねてきたのです。犬や猫、鳥といったペットとして飼われている動物から、馬や牛、羊といった家畜、そして猛獣と呼ばれる動物に至るまで研究してきました。サーカスの猛獣使いに教えを請い、豹（ひょう）やライオンといった猛獣との意思疎通の取り方も学びました」

「えっ！　豹やライオン、ですか……!?」

猛獣の代表のような動物が出てきて、皆が仰天する。

「まさか！」

ローザなど呆れたようにそんな台詞を吐いていた。

ライオンなどという危険な獣に近づこうなどと、大の男でもなかなか思わないだろう。それをこの気弱そうな娘が行ったのかと半ば半信半疑になってしまうのも無理はない。

もちろんフレイヤも驚いたが、当の本人は至極当然のことを言ったかのように「ええ」とサラリと頷いた。

「猛獣と呼ばれる動物たちであっても、その生態をよく理解し、更にはその個体特有の性格を知った上で関われば、ただ恐ろしいだけの生き物ではないことが分かります。人間同様、彼らの上にもルールがあって、そのルールから逸脱しないこと。これが重要になります。中でもそのルールが驚くほど明確に存在しているのが、狼なのです！」

先ほどまでとは別人のような、嬉々（きき）とした表情と饒舌（じょうぜつ）ぶりに、フレイヤも目を見張ったが、他の皆も驚いたらしく、目を点にしてヴァイオレットを見つめている。

（自信が持てる分野に一歩踏み入れると、途端に輝き出す類の人だったのね）

それにしても、ヴァイオレットの獣に対する興味には並々ならぬものがある。今彼女の足元で大きな身体で伏せている狼犬の従順な様子を見ても、彼女の獣を飼い慣らす能力は伊達（だて）ではなさそうだ。

「フレイヤ様が仰ったように、狼は群で生活します。そしてその群は、親である番を中心とする血縁を重視したものなのです。とても人間に近いでしょう⁉　更に、狼はその伴侶を一生に一度、たった一匹に定めることでも有名です！　私はこれを知った時、狼には人間同様の高度な知能があり、人間との意思疎通もできるはずだと確信したのです！」

目を爛々(らんらん)と輝かせ、延々と語り出すヴァイオレットに、皆が気圧(けお)されている。

それを面白く眺めながら、フレイヤは相槌を入れた。

「なるほど。では、狼への知的好奇心が高じて、レオンくんを飼うことにされたのですか？」

放っておくと話が脱線してしまうので、軌道修正を行わねばならない。

「ええ、その通りですわ。本当なら狼を飼ってみたかったのですが、それはさすがに父に反対されまして……」

非常に残念そうに言われたが、フレイヤはひっそりと「それはそうでしょうね」とツッコミを入れてしまった。きっとヴァイオレットの両親は、娘の教育に相当苦労したのだろう。

おそらくここにいる人間は皆、同じことを思っているはずだ。

「それならば、せめて狼の血を引く狼犬を、とレオンを引き取り育てているのです。レオンはまだ幼いので見合わせていますが、いずれは番(つがい)となる雌(めす)の狼犬も飼い、その子ども達と一つの群れを形成させるのが、私の現在の目標なのです！」

そしてその群の長(リーダー)はヴァイオレットというわけだ。狼犬の群を率いる令嬢——なかなかすごい光景になりそうである。

「そうなのですね。それで、ヴァイオレット様、レオンくんの躾についてですが、彼はヴァイオレット様をリーダーと認め、逆らうことはしないのでしょうか？」

ここが肝心だ。フレイヤの問いかけに、ヴァイオレットはしっかりと頷いた。

「はい。レオンが私の指示に逆らったことは一度たりともありません。私は、王太子殿下に、私とレオンとの絆を――狼犬との意思疎通を見ていただこうと思い、ここに連れて来てもらったのです」

これにはフレイヤもポカンと口を開けてしまう。

つまり、ヴァイオレットは『自分の最も得意とするものを、皆の前で披露すること』という王太子の課題に、この狼犬を使うつもりだと言っているのだ。

（これはまた……型破りな）

確かに王太子はこの課題に具体的な縛りを付けなかった。だが歌やダンス、語学や、変わり種で馬術や剣術などが普通の発想だ。それを、狼犬との意思疎通、とは。

（けれど、確かにそれならば他の誰も真似できないわ）

そして誰も彼女に勝てるわけがない。ヴァイオレットのターンは彼女の圧勝で終了だ。

だが問題は、狼犬との意思疎通が図れたとして、それが王太子妃の素質として認められるかという点だ。

少々首を傾げざるを得ないが、そもそも王太子の課題そのものが、候補者の得意とすることを評価するのではなく、候補者同士の駆け引きやぶつかり合いの様子から資質を評価するといった趣旨であることは十中八九間違いない。ならば、他の追随を許さないまでに自分が卓越している分野を選ぶというのも、確かに一理ある作戦だ。

（ヴァイオレット様、なかなかの策士でいらっしゃること！）

ヴァイオレットの中にも王太子妃になる素質がしっかりとあることを確認し、フレイヤは嬉しくなって微笑んだ。

「ありがとうございます。わたくしはヴァイオレット様のお言葉を信じますわ」

そう言うと、クルリと振り返って他の者たちを見回す。

「皆様、お聞きになったでしょう？　ヴァイオレット様が仰るように、このレオンくんは彼女に忠実な忠犬です。少し身体が大きいので恐ろしく見えますが、怖がる必要はないということです」

「……異議を唱える、フレイヤ嬢」

これまでずっと黙っていたゲイルが、低い声で言った。見れば端正な美貌に、呆れたような表情を浮かべてこちらを見つめている。

「いかに躾られている犬であっても、飼い主を噛み殺す可能性はゼロではない。まして、飼い主以外の人間なら尚更（なおさら）」

渋い反応のゲイルに、フレイヤは苦笑いをした。安全を守るのが職務である彼には、狼であろうがなかろうが、大型の犬であれば十分な脅威なのだろう。

同じ騎士であるリリー・ブランシュに至っては、「お前は頭がおかしいのか」という顔でこちらを見ている。

あらまあ、とフレイヤは頬に手をやった。

「確かにゲイル様の言うこともっともですわ。ですが、レオンくんが既にここにいるということは、王太子殿下が許可をお出しになったから。つまり王太子殿下もまた、わたくし同様にヴァイオレット様を信用なさった、ということでは……？」

まあ、わたくしの推測にすぎませんけれど、とすっとぼけた顔で呟けば、案の定ゲイルもリリー・ブランシュも口を噤む。

三日月宮には侍女すら伴えなかったのに、飼い犬を連れ込んでいる時点で、王太子の許可がなかったはずがない。王太子の名を出してしまえば、この場にいる全員がヴァイオレットの狼犬の存在に納得せざるを得ないのである。

ぬう、と言った具合で口を引き結ぶゲイルは、明らかに不本意そうだ。その表情に吹き出しそうになりながら、フレイヤは人差し指を立てて付け足した。

「とはいえ、やはり大きなワンちゃんですし、皆様が怖がってしまうのも無理からぬこと。ですから、こうしてはいかがでしょう？　ヴァイオレット様がレオンくんとお庭をお散歩する時間を決めるのです。その時間帯に他の皆様はお庭に出なければ、レオンくんに遭遇することもなく、怯える必要もなくなると言うわけですわ」

にっこり、と提案したフレイヤの声に被せるように、パチパチパチパチ、と拍手の音が聞こえてきた。ギョッとしていると、どこからともなく王太子が拍手をしながら現れたので、皆が慌てたように腰を折る。

「ああ、いいよいいよ。そんな堅苦しいことはしないでおくれ」

王太子は上機嫌でそう言うと、フレイヤに向かって満面の笑みを見せた。

「朝から良いものを見せてもらった！　素晴らしい仲裁劇だったよ、フレイヤ嬢！」

「……とんでもございません。わたくしは何も。思慮深い皆様が冷静に状況を把握されたからこそ、話がまとまっただけでございます」

目を伏せて謙遜しながらも、フレイヤは「この腹黒王太子め」と内心で舌打ちをする。

どうやら候補者たちが揉め事をどう収めるのかを、どこかから高みの見物をしていたらしい。王太子妃を選定するための手段とはいえ、当事者の一人としては弄ばれているようであまりいい気分はしない。

（ポウィスの件がなくとも、この御方とは結婚なんかしたくないわね）

失礼ながらそんなことを真剣に思ってしまった。高みの見物をするのは百歩譲って仕方ないとしても、それを面白がるような態度がいただけない。

「謙遜か。その内容も実にそつがないねぇ。君は実に模範的だ、宰相令嬢」

わざわざ他の候補者の前でフレイヤ一人を褒めようとする辺りも、候補者たちの間にわざと諍いを起こそうとしている意図が見て取れて、半ばうんざりする。

それでも相手は王太子である。仕方なく微笑みを返そうと頬に力を込めた瞬間、王太子がニイ、と口の両端を吊り上げた。

「模範的だが——まったく面白みがないね」

「…………」

中途半端な笑顔が固まってしまった。こんにゃろう。

心の中で王太子にビンタを食らわせながらも、フレイヤは令嬢らしく頭を下げる。

「ご忠告、大変痛み入ります」

「フフ、いいね。殊勝なのかふてぶてしいのか……まぁどちらでもいいけれど、僕を楽しませておくれ。さて、話を戻そうか。ヴァイオレット嬢の犬についてだが、確かにこの三日月宮に入れるのを許可した。……とはいえ、まさかこんなに大きな犬だとは思わなかったのだが。ともあれ、ひとまずフレイヤ嬢の提案通りに。午前中の十時までをヴァイオレット嬢の犬の散歩の時間と決めよう。その間、噛みつかれたくない者は庭へ出ないよう。いいね？」

鶴の一声とはまさにこのことで、同じことをフレイヤが提示した際とは打って変わった従順さで、皆が一様に頷いた。

（王太子の身分故のこととはいえ、統率力とカリスマ性は確かなようね）

悔しいが、自分にはできないわざだ。フレイヤは議論をしながら周囲を納得させる方向へ導くことには長けていても、理屈も理由もなく相手を頷かせてしまうカリスマ性は持ち合わせていないのだ。同じことは父にも言えて、父は「だから私は王の器ではないのだよ」と自分で笑いながら言っていた。

「さて、ではこの話はこれでおしまいだ。各自部屋に戻るなり、散歩を続けるなりしたまえ！」

よく通る声で言って、王太子はパンパンと手を打ち鳴らす。

その音を合図に、皆が散り散りにその場を離れる。

ゲイルはフレイヤに一度目配せをした後、王太子の後について行った。どうやらフレイヤの傍を離れることを謝っているようだったが、そもそも彼は王太子の護衛騎士である。どうぞ存分に本来の仕事を全うしてくれ、と思いながらその大きな後ろ姿を見送り、フレイヤはそっと息を吐く。

（……骨が折れる面倒事だと思ったけれど、思いがけず皆様の資質を知ることができる良い機会だったわね）

ローザ、リリー・ブランシュ、ヴァイオレットの性格が大まかにではあるが把握できたし、ヴァイオレットの発表内容を知ることができたのは思わぬ収穫だった。ついでに言えば王太子の腹黒具合も拝見してしまい、未来の花嫁となる人に少々同情してしまったけれど、まあ想定内だ。

（残す一人は、カメリア殿下……）

今回のことだけで候補者たちの全てを理解したとは、もちろん言えない。それでもこうして直に会話し、議論することで、その人の価値観や思考をある程度感じ取れるのは確かだ。

情報収集はもちろんするつもりだが、カメリアに直接会って話をしてみたい。

フレイヤはそう意気込みつつ、自分もまたその場を後にしたのだった。

＊＊＊

王太子の部屋に入った途端、ゲイルはジェイクを睨んで言った。

「お前、近衛騎士たちを止めていただろう」

あのタイミングで現れることができたのは、事の成り行きを最初から観察していたに違いない。そもそも最初の悲鳴が上がった時点で、近衛騎士があそこに駆け付けないはずがない。間違いなく、やってきた近衛騎士たちをジェイクが止めていたのだ。

　案の定、ジェイクはケロッとした顔で「そうだけど」と肯定する。

　まったく悪びれた様子がないことに呆れながら、ゲイルは深いため息をついた。

「もし候補者たちが怪我を負っていたら大惨事だったんだぞ。あまり危ない真似はするな」

　ヴァイオレットの飼い犬は、いくら躾がされているとはいえ、野生の血が半分入った狼犬だ。他の犬よりも本能が強いのは間違いない。

「え～？　大丈夫だったでしょ～？」

　ヒヤヒヤさせられたゲイルに対し、ジェイクがそんな間の抜けた返事をするので、さすがにイラっとなる。

「そんな悠長に構えるな。ローザ嬢がステッキで殴ったと言っていたし、あの狼犬が暴走しなかったことの方がラッキーだったんだぞ」

「暴走してたら、ちゃんと僕が出て行ってたよ」

　サラリと言ってのけるジェイクに、ゲイルは更に頭を抱える。

「どこの世界の王太子が、自ら暴走する猛獣の前に飛び出すんだよ……」

　低い声で窘めると、ジェイクはようやく「あ～」と眉を下げた。

「まずかった？」

「まずいに決まっているだろう。ここはヘンリガードじゃないんだ。お前が自ら危険に飛び込むような真似は、この三日月宮ではしてはならない」

母である正妃を殺されてから、身を隠すようにして暮らしてきたヘンリガードの離宮では、ゲイルもジェイクも身分差などないようにして過ごしてきた。その名残り（なごり）が出てしまったのだろうが、こうして王都へ戻って来た以上、そのままではいけないのだ。

ゲイルの厳しい表情に、ジェイクがしゅんとして「ごめん」と謝ってくる。

「でもずっと見てたけど、ローザが狼犬を見て仰天して、一人で大騒ぎしてるだけだったんだもん。そのキンキンした叫び声とヴァイオレットを罵る（ののし）気配に、狼犬が主人への敵意を察知したんだろうね。威嚇はしてたけど、飛び掛かるような感じじゃなかったから、様子見てもいいと思ったんだ」

「様子を見るだと……？」

「だって、危機的状況、なんて人間の本来の性質が如実に表れる絶好の機会じゃない？　飼い犬が暴走したヴァイオレット、猛犬に襲われたローザ、種類は違うけど、どちらにとっても危機なことは間違いなかったし。まあ、リリー・ブランシュに関してはおまけみたいな感じだったかな」

一人満足げにニヤリと笑うジェイクに、ゲイルは三度目のため息をついた後、「まぁ、確かにな」と肯定した。

人を試す、という行動はあまり褒められたことではないが、自分たちの目的が『王太子に忠実な後ろ盾を見つけ出す』ということである以上、致し方ない所だ。

「だが今回のように、候補者に危険が及ぶ可能性がある場合は別だ。試すといっても、怪我などの危険が及ばない範囲で行え。助けに来た近衛騎士を遠ざけるなんぞ、もっての外だ。彼女たちは候補者である前に、この王国の国民であり、守るべき存在なのだから。そこを忘れるな」

念を押すと、ジェイクは「はーい」といじけたような返事をする。

「でもさ、候補者たちの性格、よく表れてたでしょ？」

しつこく食い下がってくる幼馴染を睨みながらも、ゲイルは「ああ」と頷いた。

「ローザは……典型的な貴族の娘だな。イレギュラーな状況ではパニックを起こす所も、状況判断ができず感情的になる所も、ごく平凡な若い娘だ。平凡であることは親しみやすいということに言い替えられるから、国民からの人気が出やすい特徴なんだが……彼女の場合は貴族的な高慢さが前に出過ぎていて、人気は得にくいだろうな」

ゲイルの見解に、ジェイクが苦笑いを浮かべる。

「分かる。あの子は……逆に反感買いそうな感じがするよね」

仲裁に入ったフレイヤに対してまで噛みついていたのを思い出し、ゲイルはわずかに眉間に皺を寄せる。同じ立場の者からの言葉ですらあれでは、配下の者からの進言など聞く耳を持たないだろう。そのような王太子妃などは求めていない。

「ヴァイオレットは大人しいだけかと思ったら、意外に自己主張ができて驚いたな。得意分野においてのみなのか、それ以外でも可能なのかは分からないが、あれだけの弁論ができるのは素晴らしい」

「そうだね。あれには驚いたな。……それに、あの狼犬もね……」

ヴァイオレットの連れていた白っぽい灰色の大型犬のことを思い出したのか、ジェイクが呟いた。あの巨体には、初めて目にする者はギョッとするだろう。ローザがパニックを起こしたのも無理はないと思ってしまう。

「……確かに。披露会に飼い犬を使いたいというから許可したが、まさか狼犬だとは。てっきり小さな室内犬だとばかり思っていた」

あんな大型犬ならば、許可を出す前に皆に注意を促したのに、とゲイルが唸れば、ジェイクはイヤイヤと手を振った。

「貴族のご令嬢が飼ってるって聞けば、普通皆そう思うよ……」

同じ気持ちだったらしいジェイクと顔を見合わせ、二人同時にため息をついた後、気を取り直すように姿勢を正す。

「まあ、起きてしまったことは仕方ない。同じことが起こらないよう、先ほどいなかったカメリア嬢の所にも狼犬の散歩の件を伝えておかなくてはな」

「それはそうと、ゲイル、さっそくフレイヤ嬢に貼りついていたんだね。どうりで今朝から顔を見ないと思ってたんだ。でも一緒に行動している感じだったけど……？」

ジェイクが思い出したように訊ねてきたので、ゲイルは小さく肩を竦めた。ジェイクが言いたいのは、こっそり見張るんじゃなかったのか、ということだ。

「ローザの悲鳴を聞いた途端、あの娘が現場へ向かって駆け出したものだから、止めに入ったんだ」

説明すると、ジェイクは怪訝な顔になる。さもあらん。

「えっ。逃げ出すんじゃなくて、駆け付けようとしたってこと？」

これもまたごくまっとうな疑問だ。普通の令嬢なら、女性の悲鳴を聞けば、逃げ出すか、よしんば誰かに助けを求めるくらいで、別の方向へ駆け出すだろう。

「そうだ。どうにも向こう見ずで……規格外の令嬢だ」

「向こう見ず？　でもあの子、もの凄く冷静に現場を調停してたけど……？」

ジェイクが納得いかないと言ったように眉根を寄せた。確かに、あの混沌と化した現場を見事に収めた様子を見れば、フレイヤが向こう見ずだという印象はないだろう。

だがゲイルは、今朝からずっと彼女の動向を追い続けてきたことで、かなり突飛で大胆な行動を取ることも知っている。

「冷静で、向こう見ずなのさ。両極端の性質を持っている娘だ。なかなか面白い逸材だよ」

言いながら、知らず笑みが浮かんでいることに、ゲイル自身は気づいていなかった。

だがジェイクは気づいたようで、機嫌良さそうに語る乳兄弟の様子を、面白げに眺める。

「へえ。じゃあ、王太子妃としての素質はどう？」

訊ねられて、ゲイルは少し思案した。

「……それはまだ分からないな。冷静沈着であることは加点対象だが、向こう見ずがどう転ぶか……」

「なるほどね。だが、君にそんな顔をさせるくらいだ。フレイヤ嬢には期待して良さそうだね」

からかうような声音に、ゲイルは目を丸くした後、片手で自分の顎を擦る。

どんな顔をしていたというのだろう、自分は。

自分自身に戸惑うゲイルに、ジェイクが面白いものを見たといったように感嘆の声を上げた。

「これは驚いた！　長い付き合いだけど、そんなに挙動不審な君を見たのは初めてだよ！　フレイヤ嬢はすごいな！」

「な……⁉　挙動不審だと……⁉　フレイヤ嬢はって……」

思いがけない指摘に狼狽えていると、ジェイクは声を上げて笑ったのだった。

第四章　恋に恋敵はつきものということで

三日月宮の南庭には、大きなガラス張りの建物が立っている。高い天井までがガラスでできていて、他の建物の影になりにくい位置に建てられているそれは、温室だった。

「まあ、なんて素晴らしいの……！　まるでクリスタルのお城ね……！」

フレイヤはその繊細なガラス細工のような外観を見て、感嘆の声を上げる。

この王国では、側壁だけでなく天井までがガラスでできた建物は非常に珍しい。ガラスには強度がないため、天井や壁には使えないというのが一般的な見解だからだ。

「でも、繊細な美しさなだけに、壊れてしまいそうで怖いわね」

フレイヤの懸念に応える美声があった。

「鉄を使った骨組みに、特殊な精製法で作られた強度を高めたガラスを嵌め込んで造られている温室です。ご心配は無用かと」

「博識でいらっしゃること！」

微笑みながら振り返った先には、端正な美貌――王太子の近衛騎士であるゲイルが立っていた。

（昨日の狼犬事件から、まだ一日しか経っていないというのに、もうわたくしの傍に戻って来るなんて王太子の近衛騎士とは暇なのだろうか、などと皮肉なことを考えてしまう。

フレイヤを見張ると言っていたが、せめてあと数日くらいは放っておいてくれるのではと期待したのだが、残念ながらそうはいかないらしい。

「おはようございます、フレイヤ嬢。午前中だというのに、もう庭へ？」

どうやら『昨日の今日で、もう約束破ってるのかお前は』という嫌味を婉曲に言われているらしい。フレイヤは余所行きの笑顔のままで返事をする。

「おはようございます、ゲイル様。ええ、もう十時を過ぎましたから、レオンくんのお散歩は終わっていますでしょう？　それに、わたくしはレオン君が怖くありませんので……」

「そうですか。フレイヤ嬢が怖くなくとも、私が心配ですので、これからは必ずあなたにお伴致しましょう」

「まぁ……ふふふ」

「ははは」

お互いに笑いながら「こんにゃろう」と思っているのが丸分かりである。

やれやれ、と心の中でため息をつくフレイヤとは裏腹に、ゲイルは当然のようにフレイヤの傍までくると、スッと曲げた左肘を差し出してきた。

「早速お供しますよ。今度は温室の庭師ですか？」

「……え、ええ……」

あまりにスマートにエスコートされて、フレイヤは少々面食らう。

貴族令嬢であるフレイヤに対する歯に衣着せぬ物言いや態度から、ゲイルはどちらかと言うと武骨な印象が強かったのに、こんなふうに優雅な所作でエスコートをできるなんて意外だったのだ。

（なんだか、慣れていらっしゃる感じよね……）

何故か唇を尖らせたい気持ちになってしまう。

思っていることが顔に出ていたのか、ゲイルが少しおかしそうに口の端を歪める。

「私がエスコートするのが意外でしたか？」

「あっ、いえ、ただ、ずいぶんと慣れておいでだったので、女性をエスコートする機会がたくさんおありなのかしらと思ってしまっ……」

言いながら、フレイヤは慌てて自分の口を手で押さえる。

的を射られて、つい余計なことを言ってしまった。

（これって、なんだか彼を「女たらし」って嫌味を言ってるみたいだわ……！）

そんなつもりはまったくなかった……いや、ほんの少し、チラリとだけ頭を過った考えではあるけれど、口にするつもりは欠片もなかったのに。

フレイヤの失言に、ゲイルはその涼やかな目元に驚きの色を浮かべたものの、すぐにそこに甘い笑みを乗せた。

「私が経験豊富だと、嫉妬してくださっているのですか？」

「しっ……⁉」

ぼんっと音が立ちそうな勢いで、顔に血が上る。

（し、嫉妬ですって⁉）

顔から湯気が出そうなほどに真っ赤になりながら、フレイヤはゲイルを凝視した。何か言ってやりたいのに、言葉が出て来ない。こんなことは初めてだ。父に「お前は口から生まれてきたんだろうな」と嫌味を言われるほど口達者なはずなのに。

金魚のように口をパクパクさせていると、ゲイルは「冗談ですよ」とサラリといなして前を向いてしまった。ひどい。弄ばれている。

「経験豊富なわけではないのですが、これでも貴族の端くれですので、礼儀作法は一通り身についております」

「ああ、そうなのですね」

近衛騎士は王宮騎士の中でも王族の警護に当たる者たちで、以前は貴族の出身でなければなれない職だった。だがフレイヤの父をはじめとする政務者たちの中で、実力のある者であれば貴族以外からも登用するべきだという声が大きくなり、数年前より平民にもその門戸が開かれたのだ。

初対面の時に、ゲイルは自分のフルネームを名乗らなかった。だから平民なのではないかと思っていたが、振り返ってみると納得できる点は多い。言動は妙にぞんざいだったりするが、立ち振る舞いには粗野さは見られず、それどころか品があるからだ。何気ない所作の優雅さは、一朝一夕に身につくものではない。

「そう言えば、ゲイル様のフルネームをうかがっておりませんでしたわ」

ついでにと訊ねると、ゲイルはチラリとこちらを流し見る。

「……私のフルネームは、この選定会が終わったらお教えします」

「えっ？　……ああ、そうですわね。その方がよろしいわ」

フレイヤは一瞬、何故フルネームを名乗れないのか分からず眉根を寄せたが、すぐに理由に思い当たった。

家族との接触すら断って臨む『王太子選定会』に、他の貴族の意向が入り込むことを懸念しているのだろう。

この離宮で働く全ての者たちに、同様の指示が下されているに違いない。

徹底された管理体制に、あの王太子の指導力を垣間見るようで、苦い笑みが浮かんだ。

（腹黒ではあるけれど、非常に優秀。……同時に、食わせ者でもあるということ）

君主としては有能だろうが、個人的にはやはり関わりたくないと感じてしまうのは、きっと同族嫌悪に近い感情だ。フレイヤも王太子も、策略を巡らせて欲しいものを得ようとするタイプで、知略縦横が得意な者同士は馬が合わないのは自明の理。互いに腹の探り合いになるからだ。

「ねえ、ゲイル様。ではフルネームはよろしいから、別のことを聞かせてくださらない？」

「別のことですか？」

「そう。だって、共同戦線を組むのでしょう？　だったらあなたのことを、もっとよく知りたいわ」

温室までの道のりを彼にエスコートされながら歩きつつ、フレイヤは悪戯っぽい笑顔で提案する。

するとゲイルは困ったように笑って首を傾けた。午前中の柔らかな陽射しを受けて、彼の瞳が銀色に光る。

端正な美貌に野性味が加わって、男っぽく、そして大人っぽく見えて、フレイヤはドキリとする。

「どんなことを知りたいのですか?」

「え……えっと、そうですね。たとえば、あなたの年齢、とか?」

「年齢ですか。今年で二十四になりました」

二十四歳と言えば、ちょうど王太子と同じだ、とフレイヤは目を見張る。

ゲイルは身体が大きく寡黙なせいか、王太子より年上だとばかり思っていたのだ。

「驚きましたわ。てっきり、もう少し上かと」

素直に感想を言えば、ゲイルは片方の眉だけを器用に上げた。

「老けて見えると?」

「まあ、意地悪ね。いいえ、とても落ち着いていらっしゃると言いたかったの」

「なるほど、物は言いようだ」

「もう、本当に意地悪だわ」

そんなふうに軽口を言い合っていると、あっという間に温室へ到着した。

温室は陽光を取り入れるために他の建物の影にならないよう、離宮本体から離れて立っているので、結構な距離を歩いてきたことになる。

(ずいぶん早く着いた気がするわ……)

情報収集をするために動き回りたいフレイヤにとって、自分を見張るというゲイルの存在は鬱陶しいはずなのに、彼と会話するのはとても楽しかった。

特に会話が弾んだわけでもない。ゲイルは基本的に静かなので、フレイヤの質問に答えるといった形の会話だったけれど、彼の低い声も、それでいて口調は穏やかなところも、時折こちらをちらりと見る柔らかな眼差しも、どれも不思議なくらい心地良く感じられた。

（そういえば、彼を最初に見た時も、なんだか目が離せなくなったんだったわ……）

血の繋がった兄弟はいないけれど、ペティの兄たちとは本当の兄妹のように過ごしてきたから、これまでの人生で親しい男性がいなかったわけではない。

だが兄たちへ感じる親愛とも、ゲイルに対する感情は違う気がした。

フレイヤはまだ恋を知らない。

父による特殊な英才教育を受けてきたことで、他の貴族の少女たちとは違う価値観を持っている。女の幸せは結婚、という古い考え方が未だに主流である貴族社会で、自ら領主となるために日々研鑽を積むフレイヤは、異質以外の何物でもない。むろん、時代の変化に敏感な者たちによって、女でも騎士になれたり、爵位や領地を相続できたりするように変わってきた点もある。だがその例はまだ少数であるのが現状なのだ。

そんなフレイヤだから、『結婚』に興味がないのはもちろん、『恋愛』にも関心は向かなかった。十八歳になる今まで、恋など「それ、美味しいんですの？」状態で生きてきたというわけだ。

（ゲイル様と過ごしていると、すごく胸があったかくなったかと思ったら、妙に動悸がしてきたり、顔がやたらに赤くなったり……。本当に、どうしちゃったのかしら、わたくし……）

自分で自分をコントロールできない状況など、普段のフレイヤなら我慢がならない状況だろうに、どうしてか悪くないとすら感じているのだ。

おかしい。おかしいのに、もっとずっと彼と一緒にいたい。

矛盾する自分の内面に戸惑っていると、大きな手が目の前で振られて、ハッと物思いから我に返った。

「フレイヤ嬢？　大丈夫ですか？」

目を上げると、ゲイルが心配そうにこちらを覗(のぞ)き込んでいる。

「だ、大丈夫ですわ！」

「深く考え込んでおいでだったようですが、何か心配事でも？」

大丈夫だと言っているのに、それを無視してゲイルが訊ねてきた。

今まさに考えていた内容そのものである御仁(ごじん)から、真っ直ぐに見つめられた上にそんなことを訊かれ、フレイヤは疚(やま)しいことでも考えていたように焦ってしまう。

「え、えっと、こ、恋とは何かを考えて…………いました……」

語尾が小さくなってしまったのは致し方なかろう。

（わたくしは何を言っているの!!!）

フレイヤは心の中で盛大にノリツッコミを入れた。

また余計なことを言ってしまった。

自分を自分で引っ叩(ぱた)きたくなりながら、フレイヤは赤面しながら唇を噛む。

落ち着いて考えれば哲学的であると言ってもいい内容なのに、この時は無性に恥ずかしかった。真っ赤な顔を見られたくなくて俯いたのに、彼の反応が気になってちらりと目だけでそちらを見ると、意外にもゲイルは極真面目な顔をしている。

「なるほど。王太子妃に選ばれるということは、恋愛を挟まない結婚という形になります。確かに候補者のご令嬢方にとってみれば大切な話題ですね」

「あ……え、ええ」

思いがけない方向に話を持っていかれ、ほっとした半面、どこか残念な気持ちになってしまう。だがそんな自分の心の矛盾を一度忘れ、フレイヤは顔を上げた。

「貴族社会では未だ政略結婚が主流ですが、夫婦関係が上手くいかず愛人を囲う方も多いと聞きます。それなのに我が国の法では未だ婚外子を嫡出子(ちゃくしゅつし)とは認めていない。大いなる矛盾ですわ。政略結婚をして結局愛人に子を産ませることになるなら、最初からしなければよろしいのに。そうじゃなければ、婚外子であっても嫡出子と認めるべきです。生まれてきた子どもにはなんの罪もありませんもの」

常々自分が考えていた疑問を口にすれば、ゲイルは微苦笑を浮かべる。

「この国の貴族社会では血筋が重要視されますから、婚外子についての議論は貴族制度そのものへの否定にも繋がりますね」

指摘され、フレイヤは「確かに」と口を噤む。

「恋愛結婚であっても夫婦関係が上手くいかない例も多いので、一概に政略結婚のせいだとは言えないとは思いますが、確かに一理はありますね。……ではフレイヤ様は政略結婚はすべきでないとお考えなのですか？」

ゲイルの質問に、フレイヤは静かに首を横に振る。

「そうは言っておりません。結婚は、言い換えれば契約です。恋愛であろうと政略であろうと結婚をするならば、夫婦として互いにその責務を果たす、という強い責任感と信念をもってして臨むべきだと思うのです」

きっぱりと言い切ると、ゲイルがさらに苦笑を深めた。

「まったくもって、正論ですね」

「……正論とおっしゃるくせに、納得はしていらっしゃらないお顔ですわ」

少し唇を尖らせて指摘すると、ゲイルは小さく噴き出して、フレイヤを優しい眼差しで見つめる。

「恋とは何か、とおっしゃいましたね」

唐突に話を戻されて、フレイヤは戸惑いながら頷いた。

「では、あなたはまだ恋をご存じでないということだ」

「……そうです」

「恋は恐ろしいものですよ、フレイヤ様」

「恐ろしいもの、ですか……」

フレイヤはゲイルの言葉を噛み砕くように鸚鵡(おうむ)返しをする。どちらかといえば、恋というものにはふわふわとした砂糖菓子のようなイメージを抱いていた。美味しいけれど、必要不可欠ではない。だがそこに「恐ろしい」というイメージはなかったので、少し首を捻った。

そんなフレイヤに目を細めると、ゲイルは視線を足元に落とすと、静かな口調で続ける。

「私ごときの私見ではありますが……一つ答えを言うならば、恋とは『理屈の外にあるもの』です」

そう教えるゲイルの表情には、柔らかな痛みが垣間見えて、フレイヤの胸がギュッと軋んだ。

「……理屈は通用しないと?」

「私の父がそうでした。理性的で公明正大で間違ったことはしない人間と、周囲からの評価の高い人だったのですが、母と結婚していながら、後から迎えた愛人に心を奪われた。母には見向きもしなくなり、事実上捨てたも同然でした。母は次第に心を病んで死にました。父は母が死んで初めて、己のしたことの罪深さを知り……その贖罪のために今生きている」

あまりに壮絶な話に、フレイヤは言葉を失ってしまう。

語るゲイルの表情は穏やかで、そこには憎しみや怒りなどの感情は見受けられない。

だがそれでも悲しい事実には変わりなく、両親の不幸に子どもであるゲイルが苦しまなかったわけがないのだ。そう思うと堪らず、フレイヤは彼の手を掴んで両手で握り締めた。そうして握った彼の手を、祈るように自分の額に押し当てる。

「……フレイヤ様?」

驚いたようなゲイルの声が聞こえたが、フレイヤは握った手を離さなかった。

恥ずかしいと思うよりも、彼に伝えたい気持ちの方がずっと強かった。

「ゲイル様の恋も、結婚も、絶対に素晴らしいものになりますわ！　わたくしが断言します！」

断言すると言っておきながら、実際は祈願のようなものだった。ゲイルが両親のことで心に傷を負っているのは確かだ。そしてそれ故に、恋を恐ろしいと言うのだろう。

「わたくし、恋をしたことはありませんが、そう悪いことばかりではないと思うのです。愛し合う者同士が結婚できればきっと幸せになれるはずですもの！　……も、もちろん、両者共に幸せである努力をし続けなくてはなりませんけれど！」

楽観的な意見だと思われるだろうか。だが、フレイヤがこう思うのには理由がある。

フレイヤの両親は恋愛結婚で、今も二人は熱烈に愛し合っているのだ。それこそ、娘であるフレイヤが見ていて恥ずかしくなるほどに。

フレイヤは恋愛に興味を持ったことはなかったけれど、恋愛に否定的であったこともない。むしろ両親を見ていれば、愛し合うことは幸福なことなのだと思える。

「ですから、ゲイル様の恋は、素敵なものになります！　絶対に大丈夫ですわ！」

なんの根拠もない「大丈夫」だなと、フレイヤは自分で言いながら思った。こういう「大丈夫」が一番タチが悪い。

だが時にはハッタリが必要な時もある。ハッタリは自信満々に言うのがコツなのだ。

キリッとした笑顔で顔を上げると、ゲイルがなんとも微妙な表情でこちらを見つめていた。笑っているようにも、困っているようにも見える顔だった。

「……あなたは恋を知らないくせに」

「しっ、知らないけれど、自然と分かることもありますでしょう⁉　赤ちゃんは空気を知らなくても呼吸を

するではないですか！」

痛い所を突かれて屁理屈を捏ねていると、ゲイルの手が伸びてきて、フレイヤの顎に触れる。彼の手の温度と、少しかさついた皮膚の感触を顎の先に感じて、フレイヤの心臓がバクンと大きな音を立てた。

「……ゲ、イル、様……？」

訊ねるように名を呼んだ声は、囁きにしかならない。

ゲイルの美しい顔が陽光を背に影になる。暗くなって表情が見づらくなる中、その銀色の瞳だけがギラリと光って見えて、フレイヤの心臓がまた音を立てた。

「……恋を、知りたいですか。フレイヤ」

名を呼び捨てられて、心臓が壊れそうになる。ブワッと全身の皮膚が逆立って、膝の力が抜けてしまいそうだ。もの凄い速さで鼓動が鳴り始め、なんだか涙まで込み上げてきた。

ゲイルの顔が近づいてくる気がするのは、自分の気のせいだろうか。

（どっ、どどどどどどうしよう!?　どうしたらいいの!?）

状況を飲み込めず、パニックを起こしていたフレイヤの耳に、第三者の声が届いてビクリと身を震わせた。

「おやおや、王太子妃候補者が、よりによって王太子の近衛騎士と逢引きか？　なかなか面白い展開じゃのう」

どこか間延びした独特の喋り方に、フレイヤの脳が即座に反応する。

ゲイルもまた我に返ったのか、居住まいを正してフレイヤを背に庇うようにして立った。

その背中を頼もしく思いながらも、フレイヤは彼の背後からスッと身を現わして、発言者に向かい合う。

その人は温室の入口のドアに凭れ掛かり、面白そうにこちらを観察していた。

身に纏っているのは、赤と金の刺繍が豪華に施されたローブのような布だ。一見して異国のドレスだと分かる衣装は、彼女の褐色の肌によく映えている。

「ごきげんよう、カメリア殿下。今日はお招きいただき、ありがとうございます」

「待ちくたびれたぞ、宰相令嬢。いつまで経っても来ぬから様子を見に来れば、そこな男前と乳繰り合っているとは……。なかなか肝が据わった娘よな、そなた」

異国風の美貌を嫣然と微笑ませるのは、まさに今日のフレイヤの目的の人――王太子妃候補の最後の一人、友好国セルシオの王妹カメリアだった。

＊＊＊

広い温室の中で、カチャ、カチャという陶器が重なる小さな物音が鳴る。

取っ手のない異国風の茶器は、白地にロイヤルブルーの草花が描かれた繊細なものだ。それらを扱う褐色の長い指は、驚くほど淀みなく典雅に動いた。

各地から取り寄せられた様々な植物が生い茂る温室の中に、猫足のテーブルと椅子が用意され、そこには干した果物やスパイスの効いた焼き菓子など珍しい甘味が並んでいる。

カメリアが用意させたらしいその異国情緒溢れるお茶会に、フレイヤは招かれていた。

むろん、突如向こうから招待してきたわけではない。

カメリアとの接点が欲しいと思っていたフレイヤが、自ら手紙を出してご機嫌伺いをしていたのである。

遠回しに情報を得る方法も続行中ではあるが、やはり本人と直に会って話をしてみるのは必要なことだと考えたからだ。

『熟慮の上、即実行』がフレイヤの信条である。

施政者のフットワークは軽ければ軽い方がいい、というのは父の教えだ。

そうして送ったご機嫌伺いの手紙に、なんとその日の内に返事が届いた。

『明日、温室にて茶会を開きます。是非フレイヤ様もお越しください』

という非常に明瞭簡潔な内容だったが、それもカメリアの性格だ。単刀直入なものの言い方をする人間は嫌いではない。ただしそれが、本当に要点を突いている場合に限るが。ただ単純で正直なだけでは、王太子妃としては不合格である。

（あなたはどちらなのかしら、カメリア様）

お茶会への招待は、行ってみれば敵陣へ一人乗り込むようなもの。

（でも賽(さい)を投げたのはわたくしの方）

受けて立つしかあるまい、と意気込んで温室へ向かっている途中で、ゲイルがついてきたというわけだったのだ。

お茶会と言っても、客はフレイヤとゲイルのみのようだ。ゲイルは客というよりは、フレイヤの侍従のように傍で立ったままでいる。カメリアがゲイルにも椅子に座るように勧めたが、彼は「職務ですので」と慇懃（いんぎん）に断ったのだ。自分だけ椅子に座って接待を受けるのは気が引けるがこの際仕方ない。割り切って、フレイヤはカメリアを見た。

カメリアは平たく小さなティーポットを高く持ち上げ、この国のティーカップよりも一回り小さな茶器に琥珀色の茶を注ぎ込んでいる。

流れるようなその所作は、あたかも熟練の手品師（マジシャン）のようだ。

「さあ、どうぞ」

カタリ、と目の前に置かれた茶は香り高く、思わず深呼吸してしまいたくなるほどだ。香りだけでも最高級の茶葉が使われていることが分かる。

「素晴らしいですわ、カメリア殿下。まさかこのような特技がおありだなんて」

目をキラキラと輝かせながら褒めるフレイヤに、カメリアはフッと吐息のような笑みを漏らした。

「特技でもあるが、まぁ嗜（たしな）みじゃな。我が国では美しく茶を淹（い）れられることが、妻にしたい女子（おなご）の条件に数えられているから。私も幼い頃より母にあれこれと叩き込まれた」

伏せられた睫毛（まつげ）は長く、濃く、切れ上がったアーモンド形の目の縁（ふち）に施された化粧と相まって、とても艶っぽく見えた。褐色の肌はサテンのように滑らかで、毛穴などないのではないかと思うほどだ。

（……なんて美しい人なのかしら）

思わず恍惚（こうこつ）のため息が出てしまう。

絶世の美女とは彼女のような人のことを言うのだろう。

フレイヤが見惚(みと)れていることに気づいたのか、カメリアは呆れたように肩を上げた。

「なんじゃ、そなた、先ほどそちらの男前といちゃついておったくせに、今度は私に秋波(しゅうは)を送るのか？　ずいぶんと節操がないのぅ」

ホホホ、と軽快な笑い声を立てて言われ、背後にいるゲイルから殺気立つ気配が伝わってきて、フレイヤは苦笑してしまう。

「秋波だなんて。カメリア殿下のあまりの美しさに驚いてしまっただけですわ。でも無理からぬこと。殿下のご尊顔を間近で拝謁すれば、老若男女問わず、皆が夢中になるに決まっておりますもの」

カメリアを卒なくいなしながら、チラリと背後に視線をやって、落ち着けと目で促す。するとゲイルはしぶしぶその殺気を抑え込んだ。

「これはまた……上手く飼い慣らしたものじゃの」

フレイヤがゲイルを目で黙らせたのを見て、カメリアが驚きの声を上げる。まるで人をペットか何かのように表現することに不快感が沸いたが、彼女は王族だ。特にセルシオは専制君主国で、王に絶対的な権力があるため、仕方のないことなのかもしれない。

「それは王太子の近衛騎士だったはずじゃろう？　何故そなたが飼っておる？」

「……飼っているわけではございませんわ。こちらの騎士様は、少々理由があって王太子殿下よりお預かりしているところでございます」

無難な言い回しでごまかそうとしたが、カメリアは「少々理由があって、なぁ……」とからかうように言って椅子に腰を下ろした。

「さてはそなた、さっそく誰かに命を狙われたのか」

「えっ⁉」

唐突に不穏な予想を立てられて、フレイヤは目を丸くする。その表情を見て答えが分かったのか、カメリアは「なんじゃ、違ったのか」と残念そうに唇を尖らせた。

いや、残念そうにされても、という話である。

「てっきり殺されかけたから、王太子が護衛を付けたのかと。なにしろそなたは国の宝刀と異名される名宰相の掌中の珠。王太子妃の第一候補と言われておるからな。宰相にこれ以上の力をつけてほしくない輩は山のようにいよう」

まるで天気の話でもしているかのような気軽さでそう言って、カメリアは三本の指でつまむように茶器を持つと、スッと自分の口元へ運んだ。さりげないその所作がとても優雅だ。

女性の教養に数えられるくらいだから、おそらく茶の文化はセルシオにおいて非常に確立したものなのだろう。

「おっしゃる通りですわ。わたくしが王太子妃になると困る方たちがたくさんいることは存じております。……ですが、わたくしが王太子妃になろうがなるまいが、そういった方々が我が父に敵うとも思っておりませんので」

フレイヤは自身の前に置かれた茶器に触れながらも、それを口へは運ばない。

こんな会話をされているのに、出された茶を飲むほどばかではない。目の前のこの他国の姫が、今まさに自分を殺そうとしていても不思議はないのだ。

背後に立つゲイルもまた同様の懸念を抱いているらしく、左の腰に下げた長剣の柄を掴む金属音が微（かす）かに鳴った。

「なるほど、父君に対する信頼は絶大といったところか？　だがその父君の思想は本当に正しいか？　父君とは真逆の考え方の中にも大義と呼べるものがあるやもしれぬ。そういった連中が、そなたの息の根を止めようと手を拱（こまね）いておるやもしれぬぞ。父君の手が届かぬこの離宮で、そこまで安穏（あんのん）と構えていて大丈夫かえ？」

く、と嘲（あざけ）るように笑うカメリアに、フレイヤは嫣然（えんぜん）とした笑みを返した。

「あら。いいえ、わたくしが申し上げたかったのは、わたくしが死のうが王太子妃になろうが、父の取る行動は変わらないということですわ。民を幸福へ導くための政（まつりごと）をするだけです。この国の民に安寧と幸福を――それがこの国の化身ともいうべき王への忠誠であり、己の大義と考えている人ですから」

国を背負う施政者とは、私利私欲のために行動しないのだ。たとえ娘が殺されようと、父は決して政を曲げたりしない。

（わたくし程度の小娘の死をもって成し遂げられる大義なら、そもそもそんなもの最初から大義などではないのよ）

暗にそう突きつけたフレイヤに、カメリアのアーモンド形の目がまるくなる。

そして次の瞬間、プハッと噴き出した。

「ハハハハ！　これは一本取られたな！」

彼女が笑い出した途端、張り詰めていた空気が一気に緩む。

フレイヤは分からないように細く息を吐きだしながら、ひとまず安堵した。

（どうやら、カメリア様のお眼鏡にはかなったようね……）

今の会話が、自分を試すためのものだということは分かっていた。だがカメリアがどういう人物なのかを把握する前に試験を繰り出され、どう答えるのが正解なのか推測できないまま挑戦することになったため、もの凄くプレッシャーを感じていたのだ。

「試すようなことを言って悪かった。だがそなたの行動があまりにイレギュラーでな。私と個人的に接触しようとしてきたり、そうかと思えば王太子の近衛を連れて乳繰り合っておったり……。腹黒宰相の命を受けて何か企んでいると穿っても、致し方なかろう？」

「まあ、ホホホ……」

手をひらひらとさせて謝ってくるカメリアに、フレイヤは笑ってごまかすしかなかった。

要するに、ゲイルとの件をハニートラップだと思われていたということだ。

王太子の近衛に色仕掛けをする自分を想像し、冷や汗が出てきてしまう。策謀策略の類は得意だけれど、唯一やったことがない策謀術がハニートラップである。なにしろ初恋もまだなのだ。何をどうすればハニートラップになるか、ちんぷんかんぷんなのである。

「じゃが、色仕掛けでなかったとしたら、さっき温室の出口で乳繰り合っておったのはなんだったのだ？」

「あの……先ほどから連呼しておられる……その、ち、乳、繰り……合う、という表現をやめていただきたいのですが……」

　何度も何度も使われる卑猥な響きのある表現に、フレイヤが堪らず懇願する。

　乳繰り合ってなどいない、断じて。……多分。

　顔を真っ赤にして俯くフレイヤを見て、カメリアがあんぐりと口を開けた。

「これはまた、えらく初心なことで。あれほど弁が立つのに、色恋沙汰にはこのありさまか。なんとまあ……バランスの悪いことよ。言葉一つでこれであれば色仕掛けなんぞ無理難題といったところじゃな……」

　まったくもってその通りだったので、フレイヤはひたすらに俯き続ける。

　だがここで肯定すれば、「色仕掛けでなければなんだったのだ」という質問が来ることに思い至り、心の中で悲鳴を上げた。

（ど、どうしましょう！　何も良い言い訳が思いつかない……！）

　焦るあまり頭の中が真っ白になってしまっている。

　そんな彼女を見かねたのか、背後からゲイルが助太刀に入ってくれた。

「先ほど私とフレイヤ嬢が抱き合っているように見えたのは、私の目にゴミが入ったのを取ろうとしてくださったからです」

　なるほど、納得のいく無難な言い訳だ。

（ありがとうございます、ゲイル様……！）

　心から感謝しながら、カメリアの方を見てコクコクと首を上下させると、彼女は呆れたような表情で笑った。

「……まぁ、良い。そういうことにしておいてやろう。そなたらが乳繰り合っていようがいなかろうが、私には大して関係はないからな」

　興味が失せたように言って肩を竦めると、カメリアはフレイヤのまだ手のついてない茶を見て柳眉を上げる。

「どうした？　気に入らなかったか？」

「……あ、いえ、そんなことは」

　まさか毒殺を懸念して、などと本人に言えるはずもなく言い淀んでいると、カメリアはニヤリと口の端を吊り上げた。

「毒など入っていないから、安心おし」

　どうやら分かっていてわざと訊いてきたのだと分かり、フレイヤは唇を尖らせる。

「まあ、意地がお悪い！」

「ふ、ははは！　そなた、本当に先ほどまでの小癪な娘と同一人物かえ？　この私を相手に振るっていた巧みな弁舌をどこへ置いてきたのだ？」

　よほどおかしかったらしく、カメリアは腹を抱えてヒィヒィと大笑いし始めた。

　一国の姫とは思えない低い引き笑いに、こちらの方が「これは見ていい光景なのだろうか」と心配になってくる。

オロオロとゲイルを見れば、彼は難しい顔でカメリアを凝視していた。

（そんなに引かなくても……）

確かに淑女にあるまじき……少々下品な笑い声ではあるが、そこまで不機嫌な顔をするほどではないだろうに。

そんな二人を他所に、カメリアは一頻（ひとしき）り笑い終えると、目尻に浮かんだ涙を指で拭（ぬぐ）いつつ、ハーッと大きなため息をついた。

「はぁ、愉快愉快。気に入ったぞ、宰相令嬢。そなたほど楽しい人間に会ったのは久しぶりじゃ」

「そ、それは、恐悦至極にございますわ」

なんだかよく分からないが、気に入っていただけたようだ。

（四人の中で、この方が一番の食わせ者かもしれないわね……）

上から物を見るきらいはあるが、状況判断が正確で頭の回転が速い。余裕綽々（よゆうしゃくしゃく）にも見える悠然とした態度は風格さえある。その余裕は身分だけに裏打ちされたものではなく、彼女自身の聡明（そうめい）さからくるものだ。加えて、人を魅了する華やかな外見と、典雅な所作。人は悲しいかな、美しいものに魅せられる本能がある。

艶やかな花や、美しい星空を見て感動するように、神が創りたもうたのだから仕方ない。

カメリアの美貌は、自然の雄大な美と通じるものがあるのだ。

彼女が王太子妃となれば、それだけで国民が喜びに沸くのが目に浮かぶ。

（一番の食わせ者で、一番王太子妃にふさわしい方……！）

あくまで暫定ではあるが、ひとまず自分の中での順位が決まり、フレイヤはホッとした。

そうすると喉が渇いたことに気づいて、手の中の茶器を見下ろした。

お茶はすっかり冷めてしまっているが、渇いた喉を潤すにはちょうど良さそうだ。

「お飲み。大丈夫、本当に何も入っちゃいない。ただの花茶さ」

面白がるようなカメリアの声は、けれどとても優しい。

フレイヤはチラリと彼女を見て、それから先ほど彼女がやっていたように、三本の指で小さな茶器をつまんで持ち上げた。

「フレイヤ様！」

だが次の瞬間、低く叱咤するような声が飛んで、ガシリと手首を掴まれる。

背後から伸びてきた大きな手は、言うまでもなくゲイルのものだ。

「ゲイル様」

「死ぬおつもりですか」

押し殺したような声音で言われて、彼がひどく怒っていることが分かった。

「ゲイル様、大丈夫ですわ。カメリア殿下もただの花茶だと……」

「馬鹿正直に真に受けるなどと！」

吐き捨てるように一蹴されて、腹を立てるより先にヒヤリとする。これではカメリアを殺人犯扱いしているようなものだ。

案の定、カメリアの尖った声が聞こえてきた。

「おやおや、過保護なこと。……だがお前、私がセルシオの王妹だと理解した上での暴言かえ？」

カメリアを殺人者扱いしたとなれば、国際問題に発展するのは必至。セルシオとの関係が悪化するどころか、下手をすれば戦争になる。

焦るフレイヤに、なんとゲイルはカメリアを睨んでせせら笑った。

「無論理解しておりますとも。あなたがセルシオにおいて『毒使い姫』と呼ばれていることも存じておりますから」

ギョッとするような事実に、フレイヤは弾かれたようにカメリアを見る。

カメリアの表情には何も浮かんでいなかった。ただ人形のような微笑をたたえてこちらを眺めている。

「なるほど。我が悪名は異国にまで響いておるか。一応、極秘の情報なはずじゃが……」

「セルシオが他国との戦争で毒を使うようになったことは有名ですから。だが、その毒を作り出しているのが王妹であるあなただというのは、王太子殿下が内々に得た情報です」

ゲイルの言葉に、カメリアは麗しい美貌をクッと自嘲で歪めた。

「……さて、誰を懐柔したのやら。ほんに、後宮（ハレム）は魔の巣窟よなぁ。分かってはおったが、誰も信用できぬわ」

ハレム、という単語に、フレイヤはセルシオの文化を思い出した。

セルシオでは王が幾人もの女性を囲う後宮（ハレム）というものが存在する。多い時で百人以上の妃が存在したと言われるそのハレムは、当然ながら女性同士の陰謀、策略が日常茶飯事のように巡る危険な場所となる。

だがそれも道理。この国でも、現王の御代に正妃と側妃の二人の妻がいたが、二人だけであってもドロドロとしたいざこざが起こっているのだ。これが百人となればもはや地獄絵図になろうことは、容易に想像できる。

そんな魑魅魍魎の跋扈する環境で育ったカメリアが、吐き捨てるように『誰も信用できぬ』と言うのを見て、フレイヤはなんとも言えない気持ちになった。

カメリアはハア、とため息をつくと、艶やかな黒髪を掻き上げ、真っ直ぐにこちらを見てくる。その黒曜石のような瞳には、決意を秘めたような光があった。

「確かに私が毒を作れるのは真実だ。だが私の知識と技術は、本来毒を作り出すためのものではない。薬草茶を作るためのものだったのだ」

そう言って一度言葉を区切ると、カメリアはティーポットの傍に置かれた茶葉の容器を指さした。

「それも私の作った薬草茶だ。ハレムでは、薬草茶が治療の全てなのだ」

「薬草茶……」

フレイヤは鸚鵡返しをする。この国にも薬湯と言って、薬草を混ぜたり煎じたりした湯を、病人に飲ませる習慣があるため、特に違和感がある言葉ではない。が、医学や薬学が進化した現在、あまり一般的ではなくなってきた療法でもある。

「私の母は元々、『緑女』と呼ばれるものだったのだ。カ＝ミルはハレムの中で女たちを診る女医のような存在で、緑色の服を身に着けているため、その名がついたと言われている。ハレムは男子禁制、それなのにハレムに一度入った女たちは外に出ることはできない。だから女の医者が必要だったというわけだ。とはいえ、カ=ミルの知識は外のように進化が早くない。なにせ外界から遮断された環境だからな。ハレムの中では、ひと昔もふた昔も前の知識と技術で医療が行われている」

だから薬草茶なのか、とフレイヤは合点がいった。

「母はカ=ミルでありながら、父の手がついてしまってな。……まぁ珍しい話でもない。ハレムの中の女は妃であろうが使用人であろうが、一人残らず王のものだから。カ=ミルから妃になってしまったが、母は仕事を続けた。仕事が好きで、誇りを持っていた。『ハレム内の平均寿命を上げてみせる』が口癖だったよ。信じられるか？　王の妃が集うハレムで、未だに平均寿命が二十代なのだよ」

「まあ……」

王の妃、という国で一番裕福な身分になったはずなのに、医療水準は低く、皆若くして死んでいく。皮肉な現象に、フレイヤは眉を寄せる。

「多くは出産で命を落とす。初潮が来て間もない幼さでハレムに入れられる例も少なくないからな。まだ成熟していない身体が、出産に耐えられぬのだ」

聞きながら、痛ましさに顔が歪んだ。まるで拷問だ。

「幼い頃、真夜中まで産褥(さんじょく)の床に就いた妃の看病に当たっている母を、恨んだこともあった。なぜ自分の傍ではなく、他の者の傍にいるのかと。だが今は、信念を貫いた母の生き様を誇らしく思っているよ」

「ええ、カメリア殿下のお母様は素晴らしい方ですわ……！」

フレイヤは思わず感嘆の声を上げた。

逆境を変えたいと思える人はなかなかいない。多くの人々は、逆境に苦しみもがくだけで、苦しみから逃れる術を知らず、日々をやり過ごして生きていくのだ。そんな中、高い志を掲げ、今の苦しい状況を変えようと行動できる人は、稀有としか言いようがない。

「今の世界を変えなければと声を上げ行動した人たちの努力によって、歴史は変化を齎され、今に至っているのです。カメリア殿下のお母様は、まさにそういった稀有な存在ですわ！」

興奮して賞賛の声を上げるフレイヤに、カメリアはフッと眼差しを緩める。

「……ありがとう」

「お母様は、今もまだハレムに？」

一度会ってみたいと思った。カメリアの母ということは、カメリアの父――先代のセルシオ王のハレムということだ。今は代変わりし、カメリアの兄がセルシオ王となっている。だからハレムの中も入れ替えられているはずだと思い、訊ねたフレイヤは、返ってきた答えに絶句する。

「母は兄に殺された」

「えっ……」

一瞬脳が恐慌状態に陥る。背後をちらりと見れば、ゲイルもまた目を見開いていた。

兄ということは、現セルシオ王ということだ。確か今のセルシオ王は、先王崩御後、他の兄弟全てを殺して王座に就いたからだ。確かフレイヤが四歳くらいの時の話だったはずだから、フレイヤの五つ上のカメリアは九歳だ。

「母は薬草学に長けていた。研究に研究を重ね、おそらく国で母を超える薬草学者はいなかった。薬は量と使用法を間違えれば、いくらでも毒となる。兄はそこに目を付けたのだろうな。父が亡くなった途端、血の繋がった兄弟たちを暗殺するために、母に強力な毒を作れと命じたのだ。そして母は、断った」

「――」

その後の流れは、聞かずとも予想がつく。

現セルシオ王は、命（めい）を退けたカメリアの母を殺したのだ。

「激高した兄は母を殺し、母の血に染まったその手で私の顎を掴み、同じ命を私に下した。母の知識と技術を私が受け継いでいることを知っていたのだろうな。――私は断らなかった。こうして私は『毒使い姫』と呼ばれるようになったわけだ」

「……カメリア殿下……」

壮絶な話に、声が震えた。肉親を目の前で殺されて、意思に反したことを無理やりやらされてきたなんて。どれほどの絶望と屈辱を乗り越えて、この人はここにいるのだろうか。

セルシオの王が苛烈であることは知っていたが、ここまでとは。

ゲイルもまた、カメリアの話に感じるものがあったのか、先ほどまで剥き出しにしていた敵愾心（てきがいしん）を幾分収めていた。

粗方話し終えたのか、カメリアは一度深く息をついて瞑目し、もう一度目を開く。

「私はこの国に、間違いを正すために来たのだ」

何か重要なことを宣言するように言ったカメリアに、フレイヤは目を瞬く。

（……どういう意味？）

だが問い質したのは、ゲイルの方が先だった。

「間違いとは何なのですか？」

出て当然の質問に、けれどカメリアは答えなかった。フッと悪戯っぽい笑みを浮かべ、人差し指を口元に当てる。

「……さて、それは秘密じゃのう。ともあれ、私の目的はそれであって、王太子妃の座ではないということ。誰が王太子妃になるかも、どうでもよい。だから、宰相令嬢を殺す理由などないということさ」

肩を上げておどけた表情をするカメリアに、ゲイルは眉間に皺を寄せたままではあるが「なるほど」と一応の納得を見せていた。

納得できないのは、フレイヤである。

「そ、そんな！　カメリア様まで、王太子妃にならないなんて！」

先ほど暫定ではあるが、候補者の中で、最も王太子妃にふさわしい女性だと目星をつけたところだったというのに！

フレイヤの叫び声に、今度はカメリアが驚いて目を瞬く。

「――も？　も、ということは……もしや、そなたもか？」

「えっ！　あ、あら……！」

しまった、と手を口に持って行ったが、時すでに遅し。

にぃ、と紅を刷いた唇が弧を描いて、「それはそれは」と実に楽しげな声でカメリアが腕を組んだ。

「ほんに、そなたは面白い」

背後でゲイルのこれ見よがしな深いため息が聞こえてくる。

（も、もう！　そんないかにも「呆れました」ってため息吐かなくても……！）

確かに聞かれもしないのに、自分から手の内を見せてしまったのは悪手だが――と考えて、フレイヤは「待てよ」とその考えを一度止めた。

（カメリア殿下はずいぶんとアッサリ手の内を見せてくださった）

カメリアがフレイヤに毒を盛っていないことを証明するために、ではあったが、ここまで赤裸々に暴露する理由はなかった。フレイヤの紅茶を自分が飲んで見せるとか、もっと直接的なやり方はいくらでもあるのだから。

（カメリア殿下は、わたくしかゲイル様――ひいては王太子殿下に、語った内容を知らせる必要があったということか）

もちろん、カメリアの言ったことが本当だという証拠はない。

だがフレイヤは、たぶん彼女は嘘を言っていないと感じた。

何故なら、彼女の話は「自分が毒を生成できる」と肯定した上での釈明だった。嘘を吐く時には真実を少し織り交ぜて語るのがもっともらしく見せる方法ではあるが、自分だったからそこは否定した話にするだろう。なにしろ、かかっている容疑に直結する内容だからだ。

それをわざわざ肯定する理由は――

（それがわたくしたちに『知らせたいこと』そのものだから……）

これはフレイヤの直感になるが、おそらくカメリアが知らせたいのは、フレイヤではなく、ゲイルだ。ひいてはフレイヤの父ではなく、王太子ということだ。

（――『間違いを正す』、それには、王太子殿下が関わっている……）

なにやらきな臭い話になってきた。セルシオの王妹、そしてこの国の王太子――その二者の間の『間違い』など、国際問題の予感しかしない。首を突っ込んでいいのか、情報が十分ではない現段階では判断できない以上、いったん引くべきだ。

そう判断して、暇を告げようと口を開いたフレイヤに、カメリアが何か心得たようにウンウンと頷きながら言った。

「そうか、王太子妃にならないとは……。そなたらはやはり、そういう仲であるのだな。片や王太子妃候補、片や王太子の側近……禁断の恋は盛り上がるというからのう」

「えっ……い、いいえ、違いますわ！　そんな！」

なんという勘違いをしてくれるのだ、と焦るフレイヤに、カメリアは鷹揚にヒラヒラと手を振って見せる。

「隠さずともよいよい。安心せい。若人の恋路を邪魔するほど無粋ではないわ。私にできることはあまりないが、協力してやろうとも！」

「えっ……協力とおっしゃるなら、カメリア殿下が王太子妃になってくださる方が……」

彼女を王太子妃に推すことを諦めきれず、ついしつこく呟けば、カメリアはスン、と真顔になる。

「だが断る！」

「そんな……！」

秒で断られた。

「そうだ、茶が冷めてしまったな。淹れなおしてやろう。少し待っておれ！」

これ以上続けるつもりがないのか、急に話を変え、カメリアはいそいそと席を立って茶の準備を始めた。

（えっ……ここでまたお茶を……!?）

今度こそ出された茶を飲まなければ、他国の王妹へ言いがかりをつけたと言われてしまう。チラリとゲイルの方を見て、「今度は止めるな」と目で訴えると、いかにもしぶしぶといったていで小さく頷いてくれた。

どうやら彼も自分と同意見だったようで、フレイヤはホッとする。

「カメリア殿下、ありがとうございます。では一杯だけ」

「うむ。とっておきの一杯を淹れてやろうな」

あまり長居するつもりはなかったので、念のために「一杯だけ」と断りを入れたが、カメリアは上機嫌で了承してくれた。

（良かった。お茶を一杯いただければ、ひとまずは解放していただけそう……）

今日はこの後、他を回らずに一度自室へ戻ろう、とフレイヤは決める。

王太子妃の第一候補として推せると考えたカメリアに、その意志がないことだけでなく、彼女の自国セルシオでの立ち位置や、現セルシオ王の苛烈な性質など、この国も見過ごすことのできない問題が浮上してきた。

（これはお父様にすぐにでも報告したい事柄だけど……）

この選定会の期間中は家族にすら連絡ができない。

（困ったわね……。ひとまず、今ある情報を駆使して、現状を整理しなければ）

下手に動けないことになってきた、と奥歯を噛んでいると、目の前に湯気の立った茶がトンと置かれる。

見上げると、いつの間にかすぐ傍までやって来ていたカメリアが、にっこりと微笑んで茶を差し出してくれていた。

「さあ、どうぞ」

「ありがとうございます……」

（――大きい）

眩（まばゆ）いまでの美貌を間近で見て、その顔の位置についそんな感想を抱いてしまう。

（こんなに背が高い方だったのね……）

自分が座っているせいもあるのだろうが、立って茶を差し出すカメリアは、思ったよりも身長が高かった。

想定よりもずっと上の位置に顔があって一瞬戸惑ったほどだ。

（お顔がとても小さくていらっしゃるから、もっと背が低いのかと勘違いしてしまっていたわ……）

ゲイルや王太子ほどではないが、女性としてはかなり背が高い。リリー・ブランシュくらいはあるのではないか。この美貌で高身長、王太子と並べばさぞや映えるに違いないのに——とまた無念が込み上げてくるが、胸に留めておくことにする。しつこく言い募れば、嫌われてしまいそうだ。

「そこな男前も飲むかえ？」

フレイヤに茶を配った後、カメリアは面白半分にゲイルにも声をかけた。

「いえ。私は結構です」

安定の塩対応で断るゲイルは、表情筋が死んでしまったかのような表情だ。

それを横目で見て苦笑いをしながら、フレイヤは茶器を持ち上げてその匂いを嗅ぐ。

「まあ……甘い匂い」

飲まずに冷めてしまった先ほどの茶も良い香りだったが、こちらも素晴らしい芳香だ。

熟れた果実に似た蕩(とろ)けるような香気に、フレイヤはうっとりと目を閉じる。

「良い香りじゃろう？　ハレムでも皆に人気だった」

カメリアのその少し自慢げな声に年相応の可愛らしさを感じて、フフッと笑みが零(こぼ)れた。

「確かに女性が好みそうな香りですわ」

フレイヤはそう相槌を打って、そっと熱い茶に口をつける。ふわ、と濃厚な香気が鼻腔いっぱいに充満し、それからまろやかな味わいの茶が舌の上を滑っていった。

（これは……！）

　カメリアが自慢するだけあって、とても美味なお茶だった。

「美味しいですわ！」

　目を輝かせて言えば、給仕を終えて席に戻ったカメリアは、顎を上げてフフンと鼻を鳴らす。

「特技だと言うたであろう」

「こんなに香り豊かなのに、味は渋くなくて、サラリとしてますの！　こんな美味しいお茶をいただいたのは、生まれて初めてですわ！」

　感想を羅列してしまうほど、カメリアの淹れたお茶は美味しかった。あまりに興奮してしまったせいか、最初は自慢げだったカメリアが、少々気まずそうな表情に変わる。

「……なんじゃ、そんなに無邪気に褒められると、どうにも調子が狂うなぁ」

「まあ。だって本当に美味しいものですから……」

　フレイヤとしては当然の反応だったのに、そんなことを言われると、こちらの方が戸惑ってしまう。目を瞬きながらも、手に持ったカップから立ち上がる湯気がいい香りで、堪らずもう一口、とお茶を飲んだ。

　緊張もあり、どうやら喉が渇いていたようだ。そしてやはり美味しい。

「ああ、美味しい……！」

　ふう、と恍惚のため息を吐くと、カメリアが小さく噴き出した。

「ふ、ほんに、そなたは面白い娘よ。……まずい。本格的に気に入ってしまったなぁ」

どこか弱ったような言い方に、フレイヤはニコリと笑みを向けた。

「カメリア殿下のお気に召していただけて、わたくしはとても嬉しいですわ！」

まだまだ謎が多く、踏み込んでいい人物なのかは判断がつかないが、フレイヤはカメリアという人物を好きになりつつあった。だから素直な気持ちを告げたのだが、カメリアにとっては意外な言葉だったのか、驚いたように目を丸くされる。

だが次の瞬間、カメリアのアーモンド形の目が妖しい光を称えて弧を描いた。

「ほう……。かわゆいことを言うではないか。どうじゃ？　その愛想のない男から、私に乗り換えてみるか？

私のものになるなら、それはそれは大事にして、可愛がってやるぞ？」

長い指をこちらに向け艶やかに笑うカメリアは、濃厚な香りを放つ豪奢な蘭の花のようだった。

絶世の美女に壮絶な色気で誘われて、フレイヤは圧倒されて目をパチパチとさせる。

（あ、あら？　わたくし、カメリア殿下に……口説かれている？　カメリア殿下は、そういう趣味のお方？）

この世は異性愛者が大半だが、中には同性同士で愛を育む人たちが一定数いることは知っている。この国の王の中にもそういう人物がいて、後継ぎ問題が勃発したという例もあるからだ。これまでにそういう人に出会ったことがなかったので驚いてしまったけれど、考えてみれば納得がいく。

（だからカメリア様は、王太子妃になれないとおっしゃるのね……！）

性愛の対象が女性ならば、確かに夫婦になるのは無理な話だ。

王太子の妃となれば、子を望まれるのは当然だからだ。

「まあ……！」

いろんな驚きが合わさって転がり出た感嘆は、背後から矢のように飛んできた低い声に打ち消された。

「この方に不埒(ふらち)な真似は許さない」

これまた壮絶にドスの効いた声だった。ゾッとして振り返れば、凶悪犯のような極悪な顔をしたゲイルが、カメリアを射殺さんばかりの目で睨み下ろしている。

「ゲ、ゲイル様……？」

待て待て待て、相手は他国の王族、いくら王太子の近衛騎士とて、やっていいことと悪いことがあるだろう、と焦るフレイヤを後目に、今度はカメリアの方から挑発するような声が飛ぶ。

「ほう、許さないとな？　許さなければどうするというのだ、男前」

完全に喧嘩(けんか)を売る態勢に入っているカメリアに、ゲイルが盛大にチッと舌打ちをした。

（し、舌打ちはいけませんわ、ゲイル様――――！）

王族相手に何やってるんだ！　正気に戻らんかい！　とゲイルのきれいな顔にビンタしてやりたい。

（どうしちゃったのかしら、ゲイル様……！　普段はものすごく冷静で賢明な方なのに）

なんだかよく分からないが、唐突に狼と豹が睨(にら)み合う檻(おり)の中に放り込まれた気分だ。

「ご忠告申し上げる、カメリア殿下。フレイヤ様は我が国の宝刀と呼ばれるポウィス侯のご息女。高位貴族の一員です。礼儀を欠く発言はお控えいただきたい」

「礼儀！」

今度はカメリアがハッと嘲るように鼻を鳴らす。

「おやおや。礼儀を欠いているのはどちらか、分からせてやってもいいのだがな、色男。私を怒らせるなよ」

「此度の我が国の王太子妃選定会にご参加いただく前提に、調印いただいた規約があったはず。その中に、参加中は我が国の法を順守するという項目があったことを、よもやお忘れではあるまいな」

「私が守らねばならないのは、法であってお前の屁にもならない戯言でないことは確か」

「これはこれは一国の姫ともあろうお方が、愚にもつかない屁理屈を」

もう完全に喧嘩である。何がどうしてこうなった。

フレイヤは言葉を失くして、二人のスピーディなやり取りを観戦した。

冷え冷えとした嫌味の応酬に、温室の中だというのに、猛吹雪が吹き荒れている。

もうとにかくこれは止めるしかないと、フレイヤは茶器の中の茶をガッと呷って一気に喉に流し込む。

「ごちそうさまでございました、カメリア殿下！　素晴らしいお茶をありがとうございます！　それではわたくしたちは、そろそろお暇させていただきます！」

一気に捲し立てて席を立つと、カメリアに向かって慇懃に腰を折ってから、ゲイルをひと睨みした後、付いてくるように目で訴えて温室の出口へと向かった。

「フレイヤ！」

出口に差し掛かったところで、カメリアに呼び止められる。

振り返ると、彼女は椅子から立ち上がり、少し困ったような笑みを浮かべていた。

「……何か困ったことがあれば……或いは、その男が嫌ならば、私の所へおいで」

後半部分でゲイルがまた大きな舌打ちをする。やめろ。

このタイミングで何故そのようなことを、と首を捻ったものの、早くこの場を立ち去りたかったフレイヤはひとまず礼を言った。

「……ありがとうございます」

「言い訳を言わせてもらえば、私に悪気はなかったんだ」

「……ええと？」

それは先ほどのゲイルとの喧嘩への言い訳だろうか。悪気がありまくりだったように見えたが、どうなんだろうか。

「私はそなたを本気で気に入ってしまったようだ。いつ来てもいいように、今日は一日ここで待っていることにしよう」

「ええと……」

行くかどうかも分からないのに待ってもらっても困る。

どう答えたものか、と困惑していると、スッとゲイルの手が背中を押した。

「フレイヤ様はこの後予定がおありです。本日はこれまでに」

切って捨てるようにピシャリと言うと、ドアを開いてフレイヤを促す。

強引に押し出されるようにドアをくぐる直前、一応会釈をしたものの、カメリアの表情は見えなかった。

こうして、最後の王太子妃候補者であるカメリアとのファーストコンタクトは終了したのだった。

＊＊＊

ゲイルは込み上げる腹立ちを我慢できなかった。眉間には深い皺が刻まれ、呼吸もいつもより荒いことを自覚しながらも、昂る感情を鎮められずにいた。

（あいつ……なんなんだ、あのセルシオの王妹は……？）

セルシオの王妹が『毒使い姫』である情報を掴んでいたから、王太子側も最初からカメリアには注意を払っていた。

セルシオには『天使の夢』と呼ばれる証拠の残らない毒が存在する。セルシオがこの選定会に乗じて誰かを暗殺しようと考えていたなら、いくらでもし放題なわけである。

よってカメリアの持ち物を入国の段階でかなり慎重にチェックしてあるし、監視もつけてある。現在までカメリアがおかしな行動を取る様子はなかったが、今日になって温室を使いたいと要望を出してきた。それも、宰相令嬢フレイヤを招いてのお茶会のためだと言うから仰天した。

狡猾（こうかつ）で慎重なことで有名なセルシオの姫が、いくらなんでも明らかに殺しましたと言わんばかりに、お茶会で毒殺をするようなばかはしないだろうが、それでも万が一ということがある。

そしてなにより、相手がフレイヤだということが心配だった。

フレイヤは破天荒(はてんこう)だ。一般的な貴族の令嬢の型に嵌(は)まらず、ゲイルの予想の上を「ごめんあそばせ」と微笑みながら軽く飛び越えるような娘である。一人で行かせれば、間違いなく奇想天外な展開に持ち込んでくれるだろう。

（まったくもって、危惧した通りだった！）

温室の入口での失態に始まり（いやこれは自分が悪いのだが）、フレイヤはカメリアと会話しているだけで、次々に新しい情報を引き出していく。カメリアが『毒使い姫』であることは把握できていたが、セルシオ王との関係性までは得られていなかったため、かなり有益な情報だった。もちろん、カメリアが喋ったことがすべて真実であるとは思っていないが、『カメリアがこちらに流しておきたい情報』として理解しておけばいいのだ。その行動原理を探る有益な手がかりであることは間違いないのだから。

カメリアから情報を引き出せた事に関しては、正直言えばフレイヤに感謝しかない。

自分が直接カメリアと接触して聞き出そうとしても、ここまでスムーズにいったかは疑わしい。フレイヤにはなんというか、彼女の手練手管に乗せられていると分かっているのに、乗ってしまいたくさせる何かがあるのだ。

だが問題はこの先である。

（何がどうしたら、王太子妃候補者が、別の候補者から求愛されるようなことになるのだ！）

フレイヤを見つめるカメリアの熱のこもった眼差しを思い出し、ゲイルはまたもやムカムカとした苛立ちが込み上げてくる。

あれは、間違いなく性愛の対象を見る目だ。

彼女にそういう目を向けるのは、自分以外の誰であっても許せない。

そう思った瞬間、ゲイルは自分がフレイヤに惚れていることを自覚した。

温室の入口で彼女にキスをしかけた時には、正直言って自分に何が起こっているのか理解していなかった。

恋は恐ろしいものだと彼女に語ったことは、嘘ではない。恋は人を狂わせる。そのせいで母を喪った自分が言うのだから、本当なのだ。

だがフレイヤはそんな自分を痛ましげに見つめ、「ゲイル様の恋も、結婚も、絶対に素晴らしいものになりますわ！　わたくしが断言します！」と半ば叫ぶようにして言った。

断言と言いながら、まるで神に祈るような切実な表情に、ゲイルの中の怒りに似た毒が抜け落ちるのを感じた。

ゲイルはこれまで、恋に対して怒りのような感情をもって生きてきた。

恋だの愛だの、そんな曖昧な感情によって、人は簡単に正しさを投げ捨ててしまう。

正しかったのは、母だ。父の正統な妻としてこよなく夫を愛し、嫡子である自分の母として愛を注いでくれた。

父もそうあるべきだった。そうあるのが正しいはずだった。

（恋をしたから、愛したから――それが正しさを壊す理由になっていいはずがない）

そんなことがまかり通るのならば、母の人生はなんだったのか。身勝手な父と愛人に踏みつけにされるだけの存在だったとも言うのか。

だから、ゲイルは己の人生には恋は必要のないものだと考えてきた。

ゲイルにとって生きるための指針は、『正しいこと』だ。その正しさを破壊してしまう恋など、百害あって一利なし。嫡子であるから結婚は免れないが、それにも恋など求めていない。そもそも貴族の結婚は政略結婚が大半だから問題はない。

そう信じて生きてきた自分に、フレイヤは「恋はそう悪いことばかりでもない」と言ってのける。彼女自身、恋をしたことがないと暴露したその口で、である。

(何を根拠に)

と一笑に付したくなったけれど、フレイヤの表情があまりに一生懸命で、できなかった。

彼女は、神の前で祈る聖職者のような顔をしていた。

口先だけで言っているのではない。彼女は心から祈るようにして、ゲイルの恋が、素晴らしいものになってほしいと願ってくれているのだ。

『絶対に大丈夫ですわ！』

胸を張って言い募る彼女に、触れてみたくなった。どうしたら、そんなに真っ直ぐに前を見ていられるのか。――いや、真っ直ぐに、というのは語弊があるか。彼女はものすごく複雑に、様々な方向から目の前の事象を見て分析する。

だがその上で出す結論はいつも、美しいだろう未来を真っ直ぐに目指しているのだ。

目指す未来が美しいかなんて、意識したことがなかった。未来は未来だ。いずれ来るもの。そして今勝ち取ったもので構成されるもの。今を積み重ねてできるもの。

父の裏切り、母の凄惨な死、捨てられた自分――醜悪な過去で構成された自分が、美しい未来など夢みていいはずがない。目指す未来は、正しければいい。美しいかどうかなど、どうでもいい。

それなのに彼女を見ていると、自分がそれを手にしてもいいのではないかと思えた。

美しい未来――今は思い描くことすらできないけれど、彼女がいてくれるのなら、それが見えてくるのではないか。

そんな幻想に惑わされて、ゲイルは手を伸ばして彼女に触れた。

指先に感じる彼女の肌は柔らかく滑らかで、ずっと触れていたいと思った。

彼女は大きな目を更に大きくして、ゲイルを凝視していた。びっくり仰天といった表情だ。

可愛いな、とシンプルに感じた。

空のように青いその瞳を、舐めてみたいと思う。透き通ったその青は、舐めたらどんな味がするのだろう。

誰かの目玉を舐めたいなどと思ったのは生まれて初めてだ。

それから目線を下へと向ければ、可愛らしい鼻と、赤い茱萸の実のような唇があった。

(――食べてしまいたい)

そう思ったら、自然と顔を寄せていた。

(あの時、あいつの声がしなければ、確実に貪っていた)

カメリアの声に割って入られて、我に返ることができて良かったと、心底思った。

王太子妃選定会の間、候補者を相手に面倒を起こせばこれまでの努力が水の泡だ。

候補者たち——ひいては候補者たちの背後にいる権力者どもの目論見(もくろみ)を露呈させ、相応しい王太子妃を選びだすこと。現状ではまだ危うい王太子の地位を盤石にすること。

目的を達成するまでは、他のことに気を取られている場合ではない。

そう自戒したのも束の間(つかのま)、よりによってカメリアがフレイヤを気に入り、誘惑までし出したことで、戒め(いまし)はアッサリと破られた。

(ふざけるな)

男であろうが女であろうが、自分以外の人間が、フレイヤにそういう意図をもって触れるなど許さない。

(これは私のものだ!)

フレイヤが聞けば「わたくしはわたくしのものですわ!」と怒り狂いそうな内容だが、そう思ってしまったのだから仕方ない。

怒りのような嫉妬で、己が恋をしていることを自覚して、すぐさま受け入れた。

自分で言ったことが、そのまま自分に返ってくる。なるほど、恋とは恐ろしい。

単純に、恋とは本能なのだ。処理が追い付かないほど大きな感情なのに、すんなりと肚(はら)に落ちる。

『誰にも渡したくない』

ただ一つ、火のようなその欲求が胸に渦巻いている。

フレイヤを自分だけのものにしていたい。あれは、自分のものだ。

（これが、私の恋の形か）

恋を嫌悪していた。正しいことを壊してしまうからだ。

（……ならば恋をしたとしても、正しくあればいいのだ）

正しく、フレイヤを勝ち取ればいい。

導き出した結論に、腹が据わる。決めてしまえば、あとは迷わなかった。

排除すべきは、自分のものをかすめ取ろうとする敵だ。

『その愛想のない男から、私に乗り換えてみるか？　私のものになるなら、それはそれは大事にして、可愛がってやるぞ？』

獲物を狙う肉食獣の目をして誘うカメリアを、遠慮なく睨みつけて牽制する。だが相手も一国の王族だけあり、肝が据わっている。大の男でも怯むゲイルの睥睨を鼻で笑い、嫌味を応酬してきた。そのまま言葉遣いが丁寧なだけの喧嘩へと移行したが、他でもないフレイヤの暇を告げる台詞で中断させられた。

こちらを睨みつけてくるフレイヤの顔には、「王族相手になんて不敬な真似を！　ばかなんですか⁉」と大きく書かれていたが、勝算があるからやっているのである。

たとえカメリアがこの口喧嘩を言いつけたところで、王太子がゲイルを罰することはないし、セルシオには選定会の期間中に起きたことは、すべてこの国の法の下に裁かれると約束させているので問題にはならない。

とはいえ、自分がフレイヤの立場なら同じように心配しただろうし、彼女が自分を心配していることが嬉しく、黙って従った。カメリアの傍から彼女を離したかったのもあり、ようやく、と安堵したのも束の間、カメリアが言ったのだ。

『何か困ったことがあれば……或いは、その男が嫌ならば、私の所へおいで』

誰が行かせるかという話である。

だがそれ以上に腹立たしかったのは、フレイヤがそれを断らなかったことだ。

同意こそしなかったものの、怪訝そうな顔でカメリアの顔を窺うように見つめていた。

(早く断れ！)

ゲイルはイライラとその様子を眺めた。

カメリアのような狡賢く図々しいタイプの人間は、明確な拒絶がなければ、都合よく解釈して自分の思う通りに事を運んでしまうだろうと、どうして分からないのか。

フレイヤは賢いくせに、妙に甘いところがある。それは大抵人に対してで、悪いことをしているかもしれない人間に対しても、驚くほどに人懐こいのだ。まるで「この人は殺人者だけれど、わたくしを殺す理由はない」と思っているかのような言動をするから、見ているこちらは肝が冷える。世の中には理由がなくとも人を殺す人間は山ほどいるのに。

だがそう説教したところで、彼女は微笑むだけだろう。彼女とて分かっているからだ。

分かっていてなおそれができるというのは、生来の豪胆さに加え、あの腹黒宰相の英才教育のおかげもあるだろう。

（だが、もっとも大きい理由は、フレイヤが人を憎まないからだ）

言い換えれば、人を許している、ということか。

自分にはない感覚だ、とゲイルは思う。ゲイルは人を憎む。降りかかってきた不幸を憎み、敵を恨み、己の矮小さに怒ることで生き長らえてきた。

それが諦めないことだった。許せば、諦めなくてはならないから。それが正しいのだと、歯を食いしばって生きてきた。

――だが本当にそうだろうか。許さないことは、諦めないことなのだろうか。

フレイヤはとても自由に見える。のびのびと、いきいきと、しなやかに、逞しく生きている。人を許して、その結果自分を諦めて生きている人間が、こんなに自由に生きていられるだろうか。

（多分、彼女にとって、許すことは諦めることではないのだろう）

その理屈をまだ理解できていない自分は、きっと許すことも、諦めることもできないままこの先も生きていく。

だから、彼女に惹かれるのかもしれない。

忌々しいけれど、カメリアが彼女に惹かれるのも、同じ理由である気がした。

カメリアと自分はそういう意味でよく似ている。嫌いだと思うのは、同族嫌悪なのだろう。

ともあれ、カメリアからの誘いを断らないフレイヤに腹を立てたゲイルは、彼女の代わりに返事をすると、温室を後にした。

一刻も早くあの魔女のような王妹から離れようと、フレイヤの背中を押すようにして足早に歩きながら、やはり一言だけは注意をしておこうと口を開く。

「フレイヤ様。どうかあのような言動は少しお控えください。あなたも聞いたでしょう。あの方は毒を――

フレイヤ様？」

途中で言葉が途切れたのは、フレイヤが自分に凭（もた）れ掛かってきたからだ。

咄嗟（とっさ）に片手で抱き留め、服の上からでも分かる身体の熱さに眉根が寄った。

「失礼」と断りを入れてから彼女の顔を上げさせる。

「これは……！」

フレイヤの顔は真っ赤だった。荒く苦しげな呼吸から、体調不良だとすぐに分かった。額には汗も滲んでいる。

「どうしてこんな……？」

温室を出るまでは別段異常はなさそうだった。ものの五分やそこらで、体調が急変するとはどういうことか。

「ゲ……ゲイル、さ、ま……。ごめ……なさ、……わた、くし……」
ハ、ハ、という乱れた呼吸の合間に、フレイヤが切れ切れに謝る。
苦しそうな様子が憐（あわ）れで、すぐさま彼女を横抱きに抱え上げながら首を横に振った。

「謝る必要などない。フレイヤ様、何か持病がおありですか？　常備されている薬などは？」

選定会の前に提出させた書類の中には、フレイヤに持病があることは記載されていなかったはずだ、と思いながら訊ねると、やはり頭を振って否定された。

「な、にも……」

「大丈夫です、すぐに医者に診てもらいましょう」

そう言って彼女を抱いたまま一歩踏み出した瞬間、フレイヤの口から「ぁっ」という甘い声が聞こえて、ギシリと四肢が固まった。

(……え？)

ゲイルは生まれて初めて、自分の耳を疑う。

今確かに、フレイヤの口から妙に甘ったるい声が聞こえた気がしたのだが。高くて甘えるような……仔猫や赤ん坊のむずがる声にも似た……いわゆる喘ぎ声という類の声に、非常に近かったのだが。

恐る恐る腕の中の彼女を見下ろすと、真っ青な瞳を熱く潤ませて、フレイヤが縋るような眼差しでこちらを見上げていた。

「……ぁ、ゲ、ゲイルさま……わ、わたくし……、なんだか、からだ、がぁ……っ」

上気した頬、乱れた呼吸、汗ばんだ肌、誘うように揺れる瞳——これは。

脳裏にこれまでのカメリアの台詞が走馬灯のように蘇る。

『若人の恋路を邪魔するほど無粋ではないわ。私にできることはあまりないが、協力してやろうとも！』

『そうだ、茶が冷めてしまったな。淹れなおしてやろう。少し待っておれ！』

『……何か困ったことがあれば……或いは、その男が嫌ならば、私の所へおいで』

『言い訳を言わせてもらえば、私に悪気はなかったんだ』

『いつ来てもいいように、今日は一日ここで待っていることにしよう』

(――媚薬か！)

あのクソ忌々しい王妹殿下は、フレイヤの茶に媚薬を混ぜたらしい。或いは、もともと催淫効果のある茶なのか、どちらでもいいが、とにかく今フレイヤは、あの茶のせいで性的興奮状態にあるということだ。

「あの魔女め！」

もっと口汚く罵りたかったが、フレイヤの手前グッと堪える。

「……ッ、ご、めん……なさぁい……」

媚薬による症状で、意識が少し朦朧としているようだ。普段ならすぐに察するだろうに、今の罵倒を自分に当てたものだと勘違いしたのか、フレイヤが小さく震えながら謝るので、ゲイルは慌てて否定した。

「違います、あなたにではない」

優しく宥めるように囁くと、フレイヤはホッとした顔になったものの、眉の下がった苦しげな表情だ。こんな状態のフレイヤを他の何人にも見せるわけにはいかない。片手でマントを剥ぐと、それでフレイヤの身体を包み込んだ。

「……すぐ、楽にして差し上げます。少しだけ我慢してくださいね」

ゲイルはグッと奥歯を噛み締めると、フレイヤを抱えて走り出したのだった。

第五章　媚薬についての検証――実体験を通して――

熱い。身体が熱くて熱くて堪らない。

身の内側に火で焼いた石を抱え込んでしまったみたいだ。

そこから痛痒（いたがゆ）いような、けれど甘い痺（しび）れが、ズクン、ズクン、と鼓動に合わせて全身に走っていく。

ハァ、ハァ、と荒い呼吸を繰り返しながら、フレイヤは彼を見つめていた。

ゲイルはフレイヤを抱きかかえたまま、どこか知らない部屋へ連れてきた。調度品の様子から、おそらくゲイルに宛がわれた一室なのだろう。

彼は大きなベッドの上に彼女を座らせると、黙ったまま彼女のドレスを脱がし始めた。

「……申し訳ない。だが、衣類が汚れてしまうと、使用人たちに様々な憶測を呼んでしまうだろうから」

汚れたドレスを洗うのは、フレイヤではなく使用人たちだ。

（……汚れる？　ドレスが？　ふうん……）

なるほど、と思うものの、ぼんやりと熱に浮かされた頭では思考が上手く定まらない。

そんなことよりも、早くこの疼（うず）きを何とかしてほしかった。早く、早く、とそればかり願いなら、フレイヤのドレスの胸のボタンを外すゲイルを見た。

彼は眉根を寄せた怖い顔をしている。怖いけれど、やはり美しい。男性らしく骨っぽい骨格、なのに並ぶパーツの形は流麗だ。

ポウィスの冬の森のようだ、とフレイヤは思う。厳しい寒さの中でしか見ることのできない雪の結晶のような、そんな静謐な美だ。

フレイヤはされるがまま、一枚、また一枚と着ている物を脱がされていく。

やがて見えた素肌に、ゲイルの喉が上下した。

生まれたままの姿を、彼の前に晒(さら)している——そう分かっていても、どうしてか恥ずかしさは沸いてこない。それどころか、もっと彼に見てほしかった。

余すところなく、全てを見て、受け止めてほしい。

浮いた鎖骨にゲイルの指が触れた。

「……っ、はぁっ」

それだけで、ビリ、と甘い快感が走る。皮膚が総毛立っているのが分かった。身体中の細胞一つ一つが、感覚を研ぎ澄ませて彼を待っている。

「フレイヤ……」

低く艶やかな囁き声を耳の中に注がれるだけで、背が弓なりになった。

「ひ、ぁあっ……」

ゾクゾクゾク、と電流のような快感が背筋を這(は)い下りて、お腹(なか)の奥底が歓喜に蕩(とろ)ける。

大きくて骨ばった手が、フレイヤの乳房を下から掬い上げるようにして掴む。自分の乳房をすっぽりと覆う温かい手の感触に、じくりと胸がうずいた。

もっと触れてほしい。もっと自分の奥深くに。

だがそれを具体的に説明できず、フレイヤはもどかしさに両腕を伸ばして彼の頭を引き寄せる。

「……っ、いる、さまぁっ……」

強請るように名を呼べば、ゲイルは一瞬何かを堪えるように目を閉じた。

怒ってしまっただろうかと不安になったけれど、彼はすぐに目を開いて微笑んでくれる。

「ここにいる。大丈夫だ、フレイヤ」

そう言って優しく瞼にキスをしてくれた。

瞼に触れる柔らかな感触に、ふるりと身体が揺れる。気持ち好い。この柔らかなもので、たくさん触れてほしい。

身体中、外側も、内側も、全部ゲイルに触れてほしくて堪らない。

物足りなくて、フレイヤは顎を上げて彼の唇に噛り付こうと口を開く。なのに上手くできず、唇ではなく顎に噛みついてしまった。

するとゲイルがクッと喉を鳴らして笑う。

笑われたことにムッとなって、フレイヤは涙目で睨みながら、首を伸ばして今度こそ彼の唇に噛り付いた。

「フレイヤ……」

ゲイルはまた少し苦しそうな表情になったが、すぐにフレイヤの望みを叶えてくれた。噛り付こうとしたフレイヤの唇に己の唇を重ね、柔らかく擦り合わせる。それだけでも気持ち好くて、恍惚のため息が漏れた。

半開きになった歯列の隙間から、熱い舌が入り込んでくる。

「ン……ふ、ぅ、んっ」

キスは初めてだ。もちろん挨拶のキスはいくらでもあるけれど、こんなふうに濃くて熱い……恋人のキスは、誰ともしたことがなかった。ついでに言えば、誰ともしたいと思わなかった。誰かを異性として好きになったことがなかったから、当然と言えば当然だが。

（……ゲイル様……）

フレイヤは彼の顔が見たくて、いつの間にか閉じてしまっていた瞼をうっすらと開く。

見えたのは、肌の色だ。それから、睫毛の黒。近すぎて色しか判別できないけれど、それだけでも嬉しかった。

（……すき……。好き、ゲイル様……）

普段ならば様々な思考回路を巡った上でしか辿り着かない結論に、今は何故か一足飛びに到達していた。

頭がふわふわして、ものを考えようとしても途中で思考が霧散してしまうのに、ゲイルが愛しいという感情だけは明確に残っているのだ。

ゲイルの舌が熱い。口の中で動かれると、息苦しいのに、もっともっと欲しいと思ってしまう。彼の身体の一部を舐めていると思うと、ゾクゾクとした悦びで自分の芯が震えた。

くちゅくちゅと唾液が鳴る、淫靡（いんび）な音がする。口の中で音がするなんて、はしたないことだと礼儀作法（マナー）の教師なら怒るところだ。でも今はまったく気にならない。

「は……んっ、ぁ、ん」

自分から出ているとは思えないほど、甘ったるい声だ。

翻弄するようなゲイルのキスに懸命に応えながらも、初心者ゆえに拙（つたな）さはどうしようもない。フレイヤの唇の端から漏れ出る唾液を、ゲイルが舐め取りながら、顎から喉へと唇を下げていった。

大きな口を開けた彼が喉に食らいついてきたので、心臓がギュウッと軋む。それは恐怖ではなく、期待だ。ゲイルにされることなら、なんだって嬉しい。喉に噛みつかれると思ったのに、彼はただ柔らかく食（は）むだけだった。

それから大きな手でフレイヤの首の後ろを掴んで撫でながら、ボソリと呟く。

「……細いな……。簡単に折れそうだ」

どこか戸惑うような口調に、フレイヤは少し眉を寄せた。

「お、折れませんわ……！　だから、もっと……」

ゲイルが思うほど、フレイヤはやわではない。だから手加減をしているのならやめてほしいと言いたかった。

だがゲイルはまた困ったように笑って首を横に振る。

「……だめです。あなたを壊したくない」

「こ、壊れませんからっ……」

言い募ると、ゲイルは意地悪そうに口の端を吊り上げ、「分かりました」とフレイヤの肩をトンと後ろへ押した。

そのまま背後に倒れたフレイヤは、ボスッとベッドに仰向(あおむ)けになる。天蓋(てんがい)の模様を確かめる間もなく視界にゲイルの顔が入り込んできて、低い声で言った。

「ご自分の発言を後悔なさいませんよう」

忠告の声は、少しかすれていた。

灰色の瞳が、火のような欲望を宿してギラギラと光っている。

彼が自分に欲望を抱いているのだと思うと、フレイヤの胸がきゅんと軋(きし)んだ。

嬉しい。自分が彼を欲しいと思うのと同じくらい、彼にも自分を欲してもらいたい。

「後悔なんて、しません……!」

本気で言ったのに、ゲイルは苦い笑みを浮かべた。

「……どうかな。あなたは今正気じゃない」

正気じゃない、と言われ、フレイヤはそうなのだろうか、と自問する。確かに酒に酔った時のように頭がふわふわとしていて、思考が定まらない。

(……でも、ゲイルさまに触れてほしいのに……)

こんなふうに肌を許していいのは好きな人にだけだと、十五歳で初潮を迎えた時に母が教えてくれた。

「わたくし、ゲイルさまが好きです……」

だから触れ合ってもいいはずなのだ、と主張すると、ゲイルは一瞬絶句する。

そして片手で自分の顔を覆うと、フーッと何かを堪えるように長い息を吐いた。

「ゲイルさま……？」

「もう黙って」

好きだと告白したのに、それに応えてくれないばかりか、黙れと言われてしまった。どういうことだ。

むぅ、と唇を尖らせようとしたけれど、できなかった。

またゲイルにキスをされたからだ。

「ん……」

当たり前のように入ってくる舌を受け入れながら、腕を伸ばして彼の首に巻き付ける。

ずっとこのままキスをしていたい。ゲイルに離れないでいてほしい。だけどゲイルは早々にキスをやめてしまうから、フレイヤは思わず彼の唇を追うように顔を擡げる。

「や……」

「大丈夫、別のキスをするだけだ」

まるでフレイヤの気持ちなどお見通しだとばかりに言われ、言葉通り瞼にキスを落とされる。こんな子どもにするみたいなキス、と不満を言いかけた口は、すぐに閉じた。

ゲイルの唇が、鎖骨に落とされた。

柔らかい感触の後、ぬろ、と濡れた舌が鎖骨の上を這う。

「っ……！」

ひくん、と肩が揺れた。舐められた部分から全身にさざ波が立つように快感の電流が走った。

「ゲ、ゲイル、さま……」

首元がこんなに敏感な場所だなんて、自分でも知らなかった。鎖骨まで見せる首元の開いたドレスが流行っているが、今までよくもあんな無防備に晒していたものだ。あれでは弱点を曝け出しているようなものではないか。

戸惑うフレイヤの声が届いていないのか、ゲイルは鎖骨に歯を当ててやんわりと食んだ後、その下の柔らかな部分を強く吸った。

「いっ、いた……！」

噛まれるのとは違う痛みに驚いて声を上げると、今度は宥めるようにその場所を舐られる。それがまた快感を引き出すものだから、フレイヤはブルリと身を震わせた。

ゲイルの手が乳房を掴む。その指の関節部分で胸の先を挟み込んで揉みしだかれ、フレイヤは悲鳴を上げた。

「っ、ぁ、や、ぁあっ！　ゲ、ゲイルさま、これっ……！」

ゲイルの手が乳房の肉を揉むたびに胸の先を刺激され、お腹の底にまで響くような快感に苛まれる。擦れるたび、感覚がより鋭敏になっていく気がした。

「ああ、硬くなってきた」

ゲイルが指を器用に動かして、乳首を転がしながら呟く。どことなく嬉しげな声色だ。

「真っ白な柔らかいプディングの上に、真っ赤に熟れた苺が乗っているみたいだな。……美味そうだ」

それは確かに美味しそうだ、と快楽に侵されながらもフレイヤが思った瞬間、ゲイルがパカリと口を開いて胸に噛り付いてきた。

ひ、と声を出す間もなかった。

硬い歯が乳房の肉に食い込む感覚に、腰が震える。痛いはずなのに、甘い。

ゲイルは食らいついたまま、じゅうっと音を立てて乳首を吸い上げた。

「ひ、ぁあっ」

強烈な快感に、フレイヤは背を逸らして嬌声を上げる。甲高いその声を喜ぶように、ゲイルが口の中で硬く凝った肉の実を弄んだ。舌先で転がされ、かと思えば強く吸われ、矢継ぎ早に繰り出される快楽に、頭の芯が溶けてしまいそうだった。

ゲイルの手が胸から離れ、脇腹を撫でおろし、やがてむっちりと柔らかな太腿まで辿り着く。女体の肉のやわさを味わうように、内腿を一度大きく揉んだ後、膝に手をかけて大きく開かせた。

「あっ⁉」

さすがに少し焦ってしまい、フレイヤは咄嗟に力が籠って脚を閉じようとする。するとそれを見越していたかのように、脚の間に滑り込むようにゲイルが身を置いてしまった。

「ぁっ、そんな……」

大きく開脚した今の状態では、そこがゲイルに丸見えだ。

自分でもあまり見たことのない場所を曝け出して、焦りと羞恥で顔が真っ赤になった。

「ああ、きれいだ」

ゲイルがうっそりとした口調で呟く。その感想に恥ずかしさが増したが、同時にホッとした。他人と比べようもないけれど、変な色だったり、形だったりしたらどうしようと思ってしまったからだ。

（きっとこんなこと、以前のわたくしだったら絶対に思わなかっただろうに……）

ぼんやりと酩酊（めいてい）している思考でも、そんなことをふと思う。

恋を知る前の自分なら、身体的特徴を恥じたり不安を感じたりするのはナンセンスだと笑い飛ばしただろう――そこまで考えたところで、フレイヤはハッとなった。

（恋……わたくし、ゲイルさまに恋をしているのね……）

今この胸にある彼を好きだ、愛しいと感じる気持ちこそが、恋なのだ。

「フレイヤ、何を考えている？」

問いかけられて物思いから我に返ると、ゲイルが灰色の瞳に心配そうな色を浮かべてこちらを見ていた。

端正なその美貌を改めて眺め、フレイヤは自分の気持ちを確認する。

「……わたくし、あなたに恋をしているみたいですわ」

言葉にすると、心の中がより明確になった。

ゲイルが愛しい。彼を見ているだけで、胸の中に歓喜が溢れる。もっと見ていたい。もっと一緒にいたい。

もっと触れたい。これほど誰かに執心したのは初めてだ。

（これが、わたくしの初めての恋なんだわ）

フレイヤの言葉に、ゲイルはポカンとした顔になった後、両手で顔を覆って天を仰いだ。

「あなたって人は……！」

何故だか怒っているような口調に、フレイヤは少し不安になる。また妙なことを言ってしまったのだろうか。

「ゲ、ゲイル様……」

慌てて上体を起こそうとしたフレイヤは、すぐさまゲイルに覆い被さられて戻される。

こちらを見下ろすゲイルの瞳は灰色から銀色に変わり、威嚇するように睨み下ろされた。

「私を殺す気なんですか」

「ええ⁉」

恋の告白をして、どうしてそんな物騒な結論に到達するのか。

恋は恐ろしいものだと言っていたが、そういうことなのか。

「もう黙って」

そちらが訊いてきたくせに、ゲイルはフレイヤの返事を待たず切り捨てると、フレイヤの両膝をガシリと掴み開脚した状態で固定した。

「あ、あの……ゲイルさま……きゃあっ！」

開いた脚の間をあんまり見つめられるのは恥ずかしいと言おうとしたフレイヤは、次のゲイルの行動に度肝を抜かれる。

なんとゲイルは、フレイヤのそこに顔を埋めたのだ。

それだけではない。ぬるり、と熱く濡れた感触に、息を呑んだ。

（な、舐められている……⁉）

こんな場所を舐めていいはずがない。

「や、やだ！　ゲイルさまっ、汚……ぁあんっ」

慌てて制止しようと上げた声は、すぐに嬌声に変わる。ゲイルの舌が敏感な肉芽の上をなぞったからだ。

鮮烈な刺激に、びくっと身体が大きく痙攣し、腰が浮いた。

（あ……な、なに、これ……？）

ずっと疼いて燻っていた下腹部の痛痒さが、今のひと撫でで一瞬静まった。だがすぐにその疼きは「もっと、もっと」と言わんばかりにじんじんと膿み始める。

その願望に応えるように、ゲイルの舌が肉芽を包皮の上から押し潰した。

「あぁっ！」

熱くぬめる舌で弄られると、身体の芯が震えるような快感に襲われる。下腹がじんじんと痛いほど熱くなって、その熱を吐き出したいのにその仕方が分からない。

気持ち好くて、頭がおかしくなりそうだ。

「あっ、ん、ぁあっ……や、ぁ、も……！」

身体に溜まっていく快楽の熾火をなんとかしてほしくて、フルフルと頭を小さく振って訴えるのに、ゲイルがそれに気づく様子はない。

それどころか、まだ足りぬとばかりに蜜口に指をつぷりと侵入させてきた。

「ぃ、あっ……⁉」

違和感を伴う感触に、フレイヤは目を見開く。今までそこに、自分の指も入れたことはなかった。自分の中に異物が入ってくる感触は、ただひたすら奇妙だった。

ゲイルの指は媚肉の感触を確かめるように、みっちりと詰まった隘路を前後する。時折腹側を押すように動かれると、尿意にも似た疼きが生まれて、フレイヤは短く息を吐くことでそれに耐えた。奇妙なのに、その感覚が欲しいと思う。その気持ちのせいか、ゲイルの指に蜜襞が絡みつき、腹の奥がとろりと熱く蕩けていくのが分かった。

やがて指がもう一本増やされると、二本になった長い指が、狭い蜜筒を押し広げるようにバラバラと蠢いた。ゲイルの指が動くたび、ぐちゃぐちゃというネバついた水音が立つ。敏感になっているフレイヤの五感は、その音にも快感を煽られる。

「んっ……ぁ、ああっ、ゲ、ゲイル、さまっ、それ……へんっ……」

閉じていた身体をほじくり返されている気分だ。変なのに、むず痒いような疼きに苛まれ、どうしていいかわからずに、もうやめてと言いたくなる。

「フレイヤ」

それなのに、彼に名を呼ばれた途端、ふわりと頭の中に甘い快感が過り、蜜襞が彼の指に絡みついて収斂するのが分かった。

「ああ、熱いですね、フレイヤ。それに、ちゃんと濡れている」

ゲイルの声に嬉しそうな響きを感じ取って、フレイヤの胸がぎゅっと軋む。

「ぬ、濡れ……？」

「ええ、女性の身体は快楽を得ると濡れるのです。気持ち好いでしょう、フレイヤ？」

問われて、フレイヤは素直にコクリと頷いた。そういえば、男女の営みの授業でそういうことを習った気がする。媚薬に酩酊する頭では、うっすらとした記憶の断片としてしか思い出せないが、ゲイルが言うのだからそうなのだろう。

「もっと感じて、フレイヤ」

ゲイルはそう言うと、親指でぐいと花芯の包皮を剥くと、露わになった赤い肉芽を舌先で転がした。

「きゃあっ！」

あまりに強い快感に、フレイヤの目の前に白い火花が散る。腰が跳ね、ぎゅうっと内側の肉を引き絞るように身が撓った。

身体に小さな稲妻が走ったような感覚の後、いつの間にか強張っていた四肢が徐々に弛緩していく。

初めての経験に呆然としていると、ゲイルが優しく頬を撫でてくれた。

「上手にいけましたね」

「……いく……？」

どこへだろう、とぼんやり考えていると、ゲイルが小さく苦笑する。

「絶頂に達することです」

「……！」

解説され、ようやく理解に至って、カッと顔に血が上った。

フレイヤのその反応に、ゲイルがくしゃりと破顔する。

「可愛い」

低い声でそんなふうに囁かれて、フレイヤの胸が喜びでいっぱいになった。可愛いと言われたからではない。それももちろん嬉しいが、それ以上に、ゲイルがこんなふうに幸せそうに笑うのを初めて目にしたのが、もうどうしようもなく嬉しかったのだ。

（可愛いのは、あなたの方ですわ……！）

心の中で悦びを噛み締めていると、ゲイルが頬にキスを落としてきた。愛しさが募り、彼の顔を両手で包むと、フレイヤは自ら彼の唇にキスをする。

ゲイルは柔らかく微笑んで、お返しにとばかりに深いキスをくれた。じゃれ合うように舌を絡ませ合っていると、不意に太腿に熱くて硬いものが押し当てられて、目を瞬く。

（……？　何かしら、これ……）

と一瞬おぼこらしい感想を抱いたものの、すぐにその正体に行きついた。

再び顔が真っ赤になってしまい、意味もなくオロオロと視線を彷徨わせる。

フレイヤの挙動不審な様子に気づいたのか、ゲイルが目だけで笑った。

「フレイヤ」

少し唇を離して、ゲイルが熱い吐息と共に名を呼んだ。

彼の強請（ねだ）るような口調を初めて聞いて、フレイヤの胸がまたキュンと鳴る。

ゲイルの表情は真剣だった。灰色の瞳の中に、フレイヤの顔が小さく写っていた。彼が本当に真っ直ぐに自分を見てくれているのだと妙に実感できて、また心臓が鳴った。

「あなたが欲しい」

今度は心臓が止まった。歓喜に胸が膨らむ。恋しい男性が、真っ直ぐに、直球で自分を求めてくれている。

それがこんなにも嬉しいことだなんて。

「私の全てを懸けてあなたを守るから、あなたを私のものにしてもいいだろうか」

好きな人にそんなことを言われて、NOと言える女性がいるのだろうか。

（――ああ、恋とは本当に恐ろしい……！）

きっと考えなくてはいけないことは山のようにある。

フレイヤは今、王太子の花嫁候補としてここにいる。問題を起こして失格になってしまえば、父との約束を果たせず、ポウィス領主になる夢は潰（つい）えてしまう。そしてよしんば問題が明るみにならなくても、ポウィス領主になるために、婿（むこ）に来てくれる男性を選ばなくてはならない。この選定会が終わらなくてはゲイルの身分を明かしてもらえないから、彼が婿に来れる身の上なのかどうかも分からない。

もし他の領地の嫡子だったとしたら、フレイヤと結婚するのは困難が多いだろう。

（でも、それでも！）

自分はこの人がいい。恋をしたこの人に、この恋に、この身を捧げたいと思った。

フレイヤは嫣然と微笑んだ。

「わたくしが責任を取ります。だから、ゲイル様。わたくしを抱いてくださいませ」

この先どんな困難が待ち受けていようと、今この瞬間にゲイルを手に入れられるのなら、甘んじて受け入れよう。覚悟を決めるまでもなく、既に腹が据わっていた。

フレイヤの返答に、ゲイルは唖然とした顔になる。だが次の瞬間、「ははは！」と声を上げて笑った。

いつもしかめっ面や無表情でいることの多いゲイルの屈託のない笑顔に、フレイヤの胸がまたもやきゅんと音を立てる。今日だけでもう何回胸が鳴っただろう。心臓に負担がかかっているのではと心配になってしまうほどだ。

ゲイルは一頻り笑い終えると、フレイヤの額に自分の額を合わせてきた。

こちらを見つめるゲイルの表情は、面白がるようでいて、有無を言わせぬ迫力がある。

「では、お言葉に甘えて、しっかりと責任を取ってもらおう。その言葉、どうぞお忘れなきよう」

そう言い置くと、ゲイルはニヤリと悪そうな笑みを浮かべた。なんだか意味深長な笑みに思えたものの、フレイヤには二言はない。いやある時もあるが、ゲイルには嘘を吐きたくないし、吐くつもりもなかったので、しっかりと頷いておく。

ゲイルはそれに目を細め、フレイヤの唇に啄むようなキスを一つ落とした。

「あ……」

ゲイルが身体を起こすと、太腿に当たっていた熱くて硬いものも離れていく。やはり気になって目で追っていると、ゲイルが身動ぎをしてトラウザーズの前を寛げたので、仰天してしまった。

(ヒ、ヒェッ……!?)

勢いよく中から飛び出してきたのは、赤黒い男根だった。トラウザーズの黒い布の上から見ても明らかな質量があったそれは、生で見ると大きくて太いキノコのような形をしていた。張り出したかさの形や、太い幹など、見れば見るほどキノコそっくりだ。

(……で、でも、キノコはこんなに凶暴そうじゃないわ……！)

幹に浮き出た太い血管や、生々しいピンク色など、やはり動物でしかない特徴が見て取れて、思わずゴクリと唾を呑む。

(これが……殿方のおしべ……。じゃあ、これが、わたくしのあそこに……？)

挿入されるはずだ。おしべをめしべの中に挿入する。これが閨の行為。

淑女教育の一環として、女家庭教師から習ったから間違いない。

……はずなのだが、サイズがおかしいと感じるのは気のせいだろうか。

(ん……？　凸と凹のバランス……？　あら……？)

首を傾げたくなっていると、その凸の先端をヒタリと入口に宛がわれた。

「……あ、あの……」

手順はこれで合っているのだろうか。若干焦りを感じつつゲイルの顔を見上げると、彼は聖母のごとき微笑を湛えて囁いた。

「愛している」

「っ……」

心臓を直撃された。フレイヤも年頃の乙女だ。恋愛小説というものを読んだこともあるから、睦言を知らないわけではない。文字として読んだ時には「なるほど」という感想しか抱かなかったのに、こうして実際に好きな人からその言葉を言われると、自分はどこか病気なのではないかと疑ってしまうほど、心臓がきゅんきゅんと音を立てる。

ああ、なんだか涙まで浮かんできたから、やはり病気なのかもしれない。

空色の瞳を潤ませて言葉を失ったフレイヤに、ゲイルは少し困ったように苦笑を漏らす。

「……そんなふうに無垢な目で見られると、この後がやりづらいけれど」

「え……」

何故やりづらくなるのかと、こてんと首を捻れば、ゲイルはフッとその灰色の瞳に強い光を宿した。

「でも、私はもうあなたを手に入れると決めたので」

言うや否や、ぐっと腰を押し進められて、フレイヤは息を詰める。

「あっ……!? そ、そんな……ぁ、ぁあああっ」

ぐぷりと淫溝に嵌まった雁首が、隘路を裂くように侵入し始めた。ミシミシと自分の身体から音がしそうだ。めり込むようにして侵入しようとする熱杭は太く凶悪で、フレイヤの小さな蜜口は最大限に押し広げられ、今にも裂けてしまいそうだった。

「あぁああっ、あ、や、っ……ああっ」

濡れていたはずの媚肉も、雄芯の暴力的なまでの質量と熱に、すっかり萎縮して小刻みに震えている。

(痛い……苦しい……)

これが破瓜の痛みか、とフレイヤは顔を顰めながら思う。

身体の内側が引き攣れる痛みと、暴力的なまでの圧迫感。

けれど自分に覆い被さるようにして身体を揺するゲイルの荒い呼吸を感じて、苦しさよりも嬉しさの方が勝ってしまう。

「狭い……な」

ハ、と熱い吐息と共に呟いて、ゲイルが顔にかかった髪を掻き上げる。

筋肉が盛り上がった腕と、男っぽく艶めいた表情に、フレイヤの胸が高鳴った。

「こ、これで、終わりですか……?」

お腹の圧迫感はすごいけれど、本に出てくるような衝撃的な痛みはなかったことにホッとしながら訊ねると、ゲイルの目が丸くなる。

「……いいえ。まだ半分ほどです」

「半分⁉」

今度はフレイヤの方が目を丸くする番だった。今ですらいっぱいいっぱいな状態なのに、これ以上まだあるというのだろうか。こちらはこんなに焦っているのに、ゲイルはぺろりと下唇を舐めてニイと口の端を吊り上げた。

「まだそんなことを考える余裕があるんですね」

「えっ……⁉」

「では遠慮なく」

余裕なんかあるわけがない、と反論しようとしたのに、できなかった。

ゲイルがフレイヤの両膝を掴んで抱え、鋭く腰を振ったのだ。

ずどん、という衝撃が身体の芯を貫いた。

「――ッ」

強烈な痛みに、声を出すことすらできない。股座（またぐら）から頭のてっぺんまでを、雷で撃たれたような痛みだった。熱かった身体の芯が冷え、全身にブワッと汗が吹き出る。四肢が引き攣り、痺れたように感覚がなくなっていた。

「フレイヤ。これであなたは私のものだ」

ゲイルのうっとりとした声が聞こえてくる。

ちくちくとした感触が股座にあった。ゲイルの下生えだ。彼の陰部と自分の陰部がぴったりと合わさっているのを見て、あの大きかった肉茎がすべて自分の中に納まったのだと理解した。

（……わたくし、ゲイル様と一つになれたの……）

そう思うと、強張っていた四肢からフッと力が抜ける。徐々に弛緩していく身体を、ゲイルの大きな手がゆっくりとさすってくれた。

「すみません。痛かったですね……」

めちゃくちゃ痛かった。死ぬかと思った。こんにゃろう。

そう正直な感想を捲し立ててやりたいところではあるが、一番初めは痛みが伴うのはそういうものだから仕方がない。理不尽だという気持ちをグッと堪え、ふるふると頭を振って「大丈夫」と伝えると、ゲイルがフレイヤの顔中に小さなキスを落としてきた。

『ご満悦』と顔に書かれていそうなほどご機嫌な様子に、フレイヤはやはりちょっと文句を言いたくなってしまう。

こっちはこんな痛い思いをしているというのに、ご機嫌とは何事か。

「……嬉しそうですね」

先ほどの鮮烈な痛みは消えたが、まだ余韻の残る身体で震えながら「不本意」を伝えれば、ゲイルは頬を緩めたまま謝ってきた。

「ああ、すみません。でも、これであなたは私のものだと思うと、嬉しくて堪らず」

そんなことを言われたら、許すしかなくなるではないか。

（この人、絶対に分かっていてやってますわね……!?）

なんだか掌の上で転がされている気がしてならない。悔しいと思うけれど、そんな彼を愛しいと思ってしまうのだから、もうかなりの重症である。

ゲイルが蕩けそうな笑みを浮かべて、フレイヤに深い口づけをする。

優しく舌を絡ませ、頭を抱え込むようにして抱きしめられた。

「……ああ、幸せだ。ありがとう、フレイヤ。私を受け入れてくれて」

唇を離してしみじみと言われて、フレイヤはじんと胸が熱くなる。

ようやく動くようになった腕を動かして彼の広い背中に回すと、同じように囁き返す。

「わたくしも。とても、とても幸せです……」

愛し、愛し返されることの喜びとは、こんなに人を充足させるものなのか。

今、フレイヤはとても満たされていた。

彼の身体の体温を、吐息を、匂いを感じながら、フレイヤは初めて知る多幸感に浸った。

「わたくしも、愛しています。ゲイル様……」

「フレイヤ」

ゲイルが甘い声名を呼んで、また唇を合わせてくる。深いキスをしながら、ゲイルが再び腰を揺らし始めた。

「んっ……ん、ふ、ん、ん」

破瓜の痛みが去り身体が弛緩したせいか、もうそれほど痛みは感じない。開かれた身体はゲイルを受け止め、内側に嵌まり込んだ彼の肉竿を甘やかすように蠢いているのが分かった。熱くて硬い雄芯は、ゆったりとしたペースでフレイヤの奥を突いては引くを繰り返す。引き出される時に張り出した雁首に膣壁をこそがれると、痛みとは違う甘い疼きを感じて、フレイヤの身体が再び熱く蕩けていった。

「あっ、あ、ぁあ、ん、ふ、ぁあっ、ぁ」

いつの間にかキスは終わっていて、フレイヤの唇は半開きのまま嬌声を出し続ける。

自分の最奥を突いた熱杭が、またずるりと引き抜かれた。みっちりと隙間なく埋め込まれた肉竿に出し挿れされると、媚肉が捲(めく)れて腫れ上がり、ビリビリとした快感が全身に伝う。

「う、ぁあっ、やぁ、だめぇ」

「ああ、フレイヤ……すごい、中がうねって絡みついてくる……！　堪らない……！」

ゆっくりと動いていたゲイルが、そのスピードを上げた。

腰と腰がぶつかり合い、パン、パン、パン、と拍手のような音が早いリズムで部屋にこだまする。それに合わせてフレイヤは仔犬のように鳴いた。

「ひ、あ、ぁ、あん、あ、ぃ、ぁあ」

ゲイルの長い肉竿は容易に一番奥に届いてしまう。彼が根元まで押し込むのが好きなのか、ずん、ずんと一突きごとに最奥を突かれると、じくじくとした重怠(だる)い快楽に頭が酩酊し始める。

（ああ、だめ、そこばかり突かれると……）

思考が霧散し、頭がぼうっと霞(かす)んでくる。それと反比例するように、身体の全ての感覚が研ぎ澄まされて

いった。

ゲイルが額に汗を浮かせて腰を振りたくりながら、上からフレイヤを見下ろしてフッと笑う。

「は、フレイヤ、触っていないのに、乳首が立っている。いやらしいな」

言って、長い腕を伸ばしてフレイヤの両方の胸の尖りを摘まんだ。蜜路を侵される刺激に加えて、胸まで弄られて、甘く強い快感にフレイヤが背を弓なりにする。

「ひぁ、ああっ」

「ああ、乳首を弄ると締まる。……フレイヤ、初めてでこんなに咥え込むなんて……なんていやらしくて綺麗なんだ。最高だよ」

ゲイルの目が、欲望を湛えて野獣のように光る。

「——私のものだ。もう絶対に手放さない」

宣言するように言って、ゲイルは穿つ速度を更に速める。

ガツガツと突かれ続けて、フレイヤは気が狂いそうだった。身体が熱くて堪らない。お腹がじんじんと痛くて、痒くて、引っ掻いてくれるゲイルの雄芯が気持ち好い。もっともっとその硬いもので中を掻き回してほしい。奥の奥の疼きを止めてほしい。

「も、もっと……、もっと、ください、ゲイルさまぁ、あ、はぁんっ」

ゲイルはフレイヤの顔の横に肘をついて覆い被さると、彼女の泣き顔を見下ろしながら腰をぴったりと押し付ける。

パンパンに腫れ上がった長い肉竿の全てを自分の内側に納め、フレイヤは圧迫感に呻きながら、涙に滲む目で彼を見上げた。

ゲイルはギラギラとした目で、それはそれは甘い笑顔を浮かべていた。

「ああ、本当に……可愛くて堪らないな……。フレイヤ、全部膣内に出すから、受け止めなさい」

命令調で言われ、身体の芯が歓喜に震える。

次の瞬間、膣内のゲイルが大きく弾けた。自分の一番奥に熱い白濁を浴びせかけられるのを感じて、フレイヤもまた高みに駆け上がる。

視界が白くなっていくのを眼裏に見ながら、フレイヤはゆっくりと意識を手放したのだった。

第六章　王太子妃候補ですが、王太子の近衛騎士に溺愛されています

目が覚めたら全裸で、しかも男の人の腕の中でした。

（——は？　なんなんですの、この状況……？）

人は驚きすぎると、逆に冷静になってしまうものらしい。

フレイヤは今日初めてその事実を知った。

（ええ？　どういうことなの……？　夢？　ああ、夢なら納得だわ……）

訂正。冷静というよりは、現実逃避に近い。これは夢だと自分を納得させ、もう一度眠ろうと目を閉じたけれど、眠気はまったくやって来ない。

仕方がないのでもう一度目を開き、隣に横たわる男性を観察してみることにした。

その人は、フレイヤを背後から抱き締めるようにして眠っている。男性だと分かるのは、筋肉質な腕と剣だこのある大きな手だ。もちろん剣術を嗜む大柄な女性の可能性もあるが、八割がた男性だろう。彼に腕枕をされ、さらにウエストにしっかり巻き付いて抱き締められているため、そこから出ることも、寝返りを打つことすら難しそうだ。

ならばと少々無理めに首を捻って顔を確認すると、そこには天使もかくやとばかりの美男子の麗しいかん

ばせがあった。

男らしい輪郭、高い鼻梁、凛々しい眉、涼やかな目元、そして艶やかな黒髪――これは。

「ゲ……！」

ゲイル様、と名前を叫びそうになって、フレイヤは慌てて自分の口を手で押さえる。

（ゲ、ゲイル様⁉　が、どうしてここに……⁉　待って、そもそもここはどこ……⁉）

ざっと周囲を見回したが、見覚えのない部屋だ。調度品類や広さから言って三日月宮の一室なのだろうが、女性のための部屋ではなさそうだ。

（ということは、ゲイル様のお部屋……？）

その可能性は高い。だがゲイルの部屋となれば、王太子の部屋にも近いはずだ。彼は王太子の護衛騎士なのだから。

ドッドッドッド、と心臓が早鐘を打っている。嫌な汗が背中を伝った。

ゲイルと自分――妙齢の男女が裸で同衾（どうきん）している時点で、どう考えても事後だ。そして何より、自分は王太子妃候補で、彼は王太子の側近。この状況は非常にまずい。まずいどころじゃない。フレイヤは選定会で失格になるだけでなく、父が処罰されてしまうだろう。そしてゲイルは近衛騎士位を剥奪されるのは当然、下手をすれば処刑レベルである。

（待って。思い出すのよ、フレイヤ。どうしてこんな状況になっているのかを……！）

眠る前のことを思い出そうと、頭の中の記憶を探っていく。

（た、確か、カメリア殿下にお茶会に誘われて、温室に出向く途中でゲイル様に会ったんだわ。そして一緒に温室へ行くことになって……）

その途中で、彼と妙な雰囲気になってドギマギしてしまったことまで思い出し、フレイヤは一人で顔を真っ赤にする。だが今はそれを反芻している場合ではない。

（ええと……カメリア殿下にお茶を淹れていただいて、でもゲイル様が毒を入れられたのではと疑ったことで、殿下の身の上話を聞けたんだったわ）

自国で彼女が複雑な立場にあること、そしてここに来たのは王太子妃になるためではなく、彼女自身の目的のために来たのだと言っていた。

『間違いを正すため』と抽象的な言い方をしていたが、話の流れから考えて、彼女の特技である毒薬生成が関係する話なのだろう。そしておそらく、それは王太子へと結びつくはずだ。

考え始めると脳が覚醒し、急速に回転し始めるのを感じながら、フレイヤはその後のことを思い出す。

（……そうだわ。温室を辞した後、何故か身体が異常に熱くなって……）

立って歩くのもやっとの有様になり、ゲイルに凭れ掛かったところまでは鮮明に覚えているのに、その後の記憶がひどくおぼろげだった。

（あ、あら……？　どうして……）

それでもなんとか思い出そうと試みれば、断片的な映像がちらちらと脳裏に浮かんでくる。それがゲイルの微笑みだったり、ゲイルに愛撫されている映像だったりしたものだから、フレイヤは顔を赤くしたり青くしたり、大忙しだ。

（え……ええ？　わ、わたくし、ゲイル様と……!?）

そんなばかな、とすぐに否定する。これは自分の妄想だ。そうに違いない。

だが妄想にしては妙に映像がリアルだ。見たこともないはずの男性器をここまで鮮明に思い描けるものなのか。想像力豊かすぎだろう、自分。

そういえば、首を捻った時に身体のあちこちがギシギシと軋んだ。あらぬ場所に違和感があるし、普段使わない箇所に筋肉痛がある。他に衝撃的なことがありすぎて気に掛ける余裕がなかったが、これはいわゆる、事後の疲労というやつなのではないだろうか。

『これであなたは私のものだ』

ゲイルがそう言って笑う映像が脳内に蘇り、フレイヤの心臓がギュンッともの凄い音を立てた。本当にもの凄い音だ。心臓の形が歪んでしまったのではないだろうか、怖い。

だが心臓よりも心配なのは、自分の頭だ。ゲイルが好きだと、当たり前のように思っている。彼の笑顔も声も、その体温すら愛しいと思った。

この感覚を知っている。――恋だ。

（わ、わたくし……！）

ゲイルに恋をしている。そう自覚して、彼を受け入れたことを思い出し、ついでに自分の痴態も蘇ってきてしまったフレイヤは、頭が沸騰しそうになった。

（うそ！　嘘、うそ、ウソ！　わたくし、あんなッ……⁉）

あられもない声を上げ、彼の身体に腕を巻き付けたり、「もっと」と強請るようなセリフまで吐いていたなんて――

（どうしよう！　恥ずかしくて死にそうだわ！）

もしこれが妄想ではなく現実だったなら（妄想であってほしい切実に）、ゲイルに合わせる顔がない。ここから早く脱出しなければ。

慌てて彼の腕の中から逃げようと身動ぎすると、そうはさせじと腕に力が籠る。

「おはよう、フレイヤ。どこへ行こうとしているのかな？」

「ゲ、ゲイル様っ……！　起きていらっしゃったのですか！」

ヒィ、と心の中で悲鳴を上げて、フレイヤは問いかけに応えるように口を開いたものの、後ろを見る勇気はなかった。

するとゲイルの腕がフレイヤの腰を掴んで、いとも簡単にクルリと寝返りを打たせると、向き合った状態で抱き締められる。

むぎゅ、と逞しい胸筋に頬を押し当て、フレイヤは目が回りそうだった。

頬に当たる皮膚が熱い。男性の身体とはこんなに熱いものなのか。そして思ったよりも弾力がある。筋肉とはもっと硬いものだと思っていた。男性の裸の胸に自分の顔が密着するなんて状況に陥ったことは、これまでの人生では一度もなかった。どう対処すればいいのだ。

頭の中でぐるぐると思考が巡るも、身体は緊張でガチガチだ。ピーンと棒のようになっていると、ゲイルがそっと額にキスを落とした。

「おはよう、愛しい人」

「……？　いっ、とっ……？」

フレイヤは壊れた楽器のように意味のない音を発する。ゲイルがそんな甘い台詞を吐くだなんて。これまでの辛辣さはどこへやったのか。

唖然と口を開けて固まるフレイヤの髪を優しく指で梳きながら、ゲイルが心配そうに尋ねた。

「身体は辛くないだろうか。昨夜は我慢が効かなくて、ずいぶん無理をさせてしまったから」

これはもう確定だ。記憶の映像は自分の妄想などではなく、現実だったのだ。

フレイヤはザッと頭から血の気が引くのを感じる。

王太子妃候補である自分と関係を持ったことがバレれば、ゲイルはただでは済まない。

フレイヤは震えながらゲイルを見上げた。

「ゲ、ゲイル様、わたくし達、その……」

フレイヤの様子がおかしいと気づいたのか、ゲイルは少し眉を寄せる。

「……もしかして、昨夜のことを覚えてない？」

「ええと、その……断片的にしか……」

ここで嘘を吐いても仕方ないので正直に答えると、ゲイルは額に手をやって小さくため息を吐いた。

「やはり……薬の効果で酒に酔ったような感じだったから、そういう可能性はあると思っていたが……」

「薬？」

「カメリア殿下の淹れたお茶ですよ。どうやら媚薬効果のあるものだったようで、あなたは温室から帰る途中で歩けなくなってしまったんです」

その説明に、ああ、と納得する。いかにも「イタズラ好き♡」といった感じのカメリアならやりかねないと思ったからだ。彼女は「面白そうだから」という理由だけで、人を罠にかけて上から見物していそうである。

(けれど、それにしても媚薬だなんて……)

なんて性質(たち)の悪いイタズラだろう。そういえば、帰り際に「悪気はなかった」というようなことを言われたが、悪気がなければやっていいわけではない。

(これは……後で少し文句を言わせていただかなければ)

フレイヤはこめかみを揉みながらため息を吐いた。

「……媚薬なんて、この世に存在しないと思っていました」

確か閨事の授業で教師がそんなことを言っていた、と呟けば、ゲイルも首肯した。

「催淫効果に限ったものを『媚薬』と限定するならば存在しない。ですが、幻覚や妄想を促す植物は確認されています。花の形状がトランペットに見えることと、その花を食べると悪夢を見ることから『ナイトメア・トランペット』と呼ばれています。古くから鎮痛や麻酔の薬草として使われてきた植物ですね」

「……ああ、ダチェイラのことかもしれませんね。ライデの民はそう呼ぶのです」

花の特徴を聞いて、フレイヤはすぐにライデの民が使う薬草を思い出す。熊狩りで大怪我（おおけが）を負った者の治療で使っていたが、非常に副作用が強いので、使用する際には村の薬師（チュペ）の指示に従わなければならないと念を押されたのを覚えている。

「ライデの民の間では、使用するために専門家の許可が必要な難しい薬草でした。摂取後三十分以内に口渇、瞳孔散大、意識混濁、心拍促進、興奮、麻痺（まひ）、頻脈（ひんみゃく）などの症状が現れるので、用法や用量には細心の注意が要ると。媚薬のようにして使えるとは知りませんでしたが……」

「おそらく、ナイトメア・トランペットだけはなく、他の薬草をブレンドし、性的興奮に近い状態を作り上げる秘薬なのでしょう。ハレムの中ではいかにも需要がありそうだ」

確かに、とフレイヤも頷いた。ハレムの中の医者の役割であるカ＝ミルでもある彼女ならば、そう言った類の秘薬の処方を知っていても当然だろう。実際にカメリアも『ハレムでも人気だった』というようなことを言っていた気がする。

「カメリア殿下の所業についてはまた後程考えるとして……」

いろいろ彼女には言いたいことがあるが、今この場にいないので一旦頭を切り替えようとフレイヤは前置きをした。

「つまりわたくしは、カメリア殿下のお茶のせいで性的興奮状態にあって、ゲイル様はそれを治めるためにわたくしと……ということで、合っていますか？」

おそるおそる確認すれば、ゲイルは笑顔のまま一度黙り込む。

「…………」

えっ、その間はなんなんだ。怖いからやめてくれ。

「わ、わたくしはこれ以上の何をやらかしてしまったのでしょう⁉」

フレイヤが半分涙目になってゲイルに詰め寄ると、ゲイルは苦笑いしながら首を横に振った。

「いや、それで合っています。合っていますが……私は別に仕方なくあなたを抱いたわけではありませんよ」

「そんな……」

フレイヤは悲しく笑った。優しい嘘だなと思ったからだ。ゲイルは優しい。ぶっきらぼうではあるけれど、実はとてもお人好しだ。フレイヤが危険に自ら飛び込んでいくのを見かねて、隠れて監視する命令を無視し、飛び出して止めてしまうほどに。

だからフレイヤに気を遣ってそんなことを言っているのだろう。

だがゲイルは飄々とした顔でサラリと外道な台詞を吐いた。

「どちらかと言えば、あなたの窮地に付け入った方が正しい」

フレイヤは耳を疑った。窮地に付け入った？

「ちょうどどうやってあなたを手に入れてやろうかと思案しているところだったので、媚薬に侵されている状態なんて、好機でしかないでしょう？」

にっこり、と美しい笑みを向けられて、フレイヤは口をあんぐりと開ける。

「え……な、な……」

頭の中が混乱する。今自分は王太子妃候補として、選定会に参加している立場であること。そしてゲイルは王太子の近衛騎士であること。つまり現在二人は禁忌の関係であり、バレたら大惨事になることなど、考えて話し合わなければならないことが山のようにある。

それなのに後悔も悪びれもせずに、フレイヤの窮地に付け入って抱いたとさわやかに宣うこの男は、何を考えているのだろう。

「ば、ばかなんですの!?」

思わず心の中に留めておけなかった声が飛び出した。

(本当に、ばかすぎますわ、ゲイル様っ……! わたくしなんかのために、処罰されてしまうかもしれないのに……!)

涙を浮かべて罵倒するフレイヤに、ゲイルは笑みを消して真剣な表情になる。灰色の瞳が銀色に変わり、獲物を見据えるようにフレイヤを射貫いた。

「私はもう何があってもあなたを手放さない。その覚悟であなたを抱きました」

「……っ」

「あなたは? フレイヤ。あなたは、どうして私に抱かれたのですか?」

問われて、フレイヤは唇を引き結ぶ。媚薬で酩酊状態だったから、なんて言うつもりはない。断片的な記憶ではあるけれど、ゲイルを愛しいと思う気持ちはフレイヤの中でもう揺るぎないものになっているのだから。

「わたくしも、あなたが欲しかったから抱かれたのです。覚悟なんて端から決まっていますわ。責任は、全てわたくしが取ります」

愛する男を手に入れたなら、死ぬ気で守ってみせる。王太子だろうが神だろうが、絶対に彼を処罰させたりしない。全身全霊でこの愛を守り抜いてやろう。

その決意を込めて、フレイヤは顎を上げて傲然とゲイルに言い放った。

すると彼は一瞬目を見開いた後、フッと不敵な笑みを浮かべてフレイヤを抱き締める。

「その言葉、お忘れなきよう。我が花嫁」

「き、気が早くなくて⁉」

そこに辿り着くまでには、やらなければならないことが山積みである。

楽観的すぎる、と憤慨するフレイヤに、ゲイルは含み笑いをしながら首を横に振る。

「いいえ。あなたが望んでくれるならば、それだけで世界は私の味方に変わる。……お覚悟を、フレイヤ嬢。これであなたは逃げられなくなった」

逃げるつもりなどない、と反論するフレイヤに、ゲイルは意味深長な笑みを浮かべるだけだった。

＊＊＊

三日月宮は窓の多い城である。

あまり使用頻度の高くない離宮であることから、防犯よりも見た目を重視したせいだろう。だがその甲斐あってか、二階の主寝室へつながる廊下には、色とりどりのステンドグラスが嵌め込んだ窓が並び、陽光が差し込むと夢のように華麗な空間が出来上がる。

「ああ、本当に、なんて美しいのかしら……！」

虹色の光の中を、うっとりと眺めつつ歩くフレイヤの背後には、影のようにぴったりと大柄な護衛騎士が貼り付いていた。

「もう何度もご覧になっているのに、飽きないのですね」

「飽きませんとも！　まるで天国のように美しいのですもの！」

ポウィスの雄大な自然の美も愛しているが、人の生み出した精緻な美にも心を奪われるものがある。通称『光の廊下』と呼ばれるこの場所は、三日月宮の中でも特にフレイヤのお気に入りの場所なのだ。

「美しいのは認めますが、しっかり前を見て歩いてください。進行方向ではない所ばかり眺めていては、転びますよ」

「まあ、わたくしは子どもじゃありませんわ」

まるで親のように心配するゲイルに、フレイヤは肩を竦めるだけで取り合わない。なにしろ、愛を確かめ合った一件以来、彼のフレイヤへの過保護ぶりには少々辟易(へきえき)していたのだ。

おそらくゲイルは元来世話焼きの性質なのだろう。ただでさえそうなのに、恋人と言う関係になったことで、フレイヤに対する庇護(ひご)欲が増大したといったところか。

ゲイルの気持ちはありがたいが、自分で考え自力で動くことを幼い頃から叩き込まれ、自立に矜持を持っているフレイヤにしてみれば、少々鬱陶しくもある。

（だって、わたくしが何もできないみたいな気持ちになってしまうんだもの）

少し剥れながらも、廊下のあちこちに降り注ぐ七色の光を楽しんでいると、うっかり何もない場所で躓いてしまった。

「きゃ」

「ほら。困った人だ」

フレイヤの身体が傾ぐ前に、長い腕が彼女のウエストを攫って抱き寄せる。片腕で軽々と抱えられ、フレイヤはカッと赤面した。ゲイルの逞しさを見せつけられて、あの夜の記憶の断片が蘇ってしまったからだ。

腕の中の彼女が顔を俯けて沈黙したのを訝ったのか、ゲイルが不思議そうに顔を覗き込もうとするので、フレイヤは両手で顔を覆って隠す。見られれば顔が真っ赤になっているのがバレてしまう。それは悔しいし、恥ずかしい。

それなのに、クッと押し殺すような笑みが聞こえてきた。

「……耳、真っ赤ですよ、フレイヤ」

「――――ッ！」

低い艶やかな囁き声で指摘され、腹立たしさと恥ずかしさ、そして彼への愛おしさに、またもや顔に血が上った。

フレイヤはヤケクソで顔を上げると、手を突っ張ってゲイルの腕の中からもがき出る。

「もうっ！　いいから行きますわよ！　ゲイル様といると、日が暮れてしまうわ！」

自分でも酷い言い草だと思ったけれど、ゲイルは隙あらば触れてこようとするので、何をするのにも時間を取られているのは本当だ。ここは少々怒っても良かろう。

（わたくし達の関係が王太子殿下にバレたら、大変なのはゲイル様なのに！）

少しは自重してほしい。

この選定会さえ終わってしまえば、フレイヤは晴れてただの侯爵令嬢に戻る。そうすれば建前とはいえ王太子に操を立てる必要もなくなるし、ゲイルとの結婚だって可能になる。

要はこの王太子選定会を、王太子妃に選ばれることなくやり過ごすことができればいいわけだ。そしてそれはフレイヤの当初の目的である『王太子妃に相応しい人を選んで推し上げる』という目的とも概ね合致する。

だからゲイルに「とにかくこの選定会を無事に乗り切りましょう！　それまで、くれぐれもわたくし達の関係が周囲にバレないように注意してくださいませ！」と言ってあるのに、彼は何故かあまり注意する様子がない。フレイヤはハラハラさせられっぱなしなのだ。

今だって、どこに人目があるか分からないのに、こうして憚りもなく抱き締めたりする。転びそうになった女性を助けるのは、確かに騎士道に則った行動ではあるが、こちとら恋の初心者である。好きな男性に触れられるだけで胸がどきどきするし、なんなら汗もかいてしまうし、顔だって赤くなる。これまでのように飄々とした顔を保つのは、なかなか厳しいのである。

だからやめてほしいとお願いするのに、それを聞いたゲイルは何故か余計に触れてくるようになった。目がキラキラと輝いているから、絶対わざとだ。

（ゲイル様、いじめっ子気質だったりするのかしら……）

フレイヤはいじめられたらやり返すタイプなので、互いに攻撃し合う不毛な戦いとなってしまいそうで怖い。

（いけないわ、わたくしったら、気が付けばゲイル様のことばかり考えてしまっている！）

ハッと我に返り、フレイヤは気を引き締めるために背筋を伸ばした。

今こそ初心に立ち返るべき時だ。

フレイヤは、この『光の廊下』で遊ぶために来たわけではなく、この廊下の先にあるヴァイオレットの部屋へ向かう途中なのだ。

現在フレイヤは、万が一にでも王太子妃に選ばれてしまっては困る切迫した状況だ。以前もそうだったが、状況はより逼迫（ひっぱく）したと言っていい。早く相応しい王太子妃候補を見極めなくてはと、候補者たちとの交流を深めようと考えたのだ。

フレイヤは手始めにヴァイオレットをターゲットに選んだ。前回の接触で、彼女が動物に対してとても独特な価値観を持つ人だと分かり、興味をそそられたからだ。

「ヴァイオレット様、お部屋にいらっしゃるといいのだけれど……」

前もってアポイントメントは取ってあるが、午前中は狼犬の散歩の時間だ。戻ってきていない可能性もある。

「もう狼犬の散歩を終えたと厩舎から伝達が来ていたので、大丈夫でしょう」

フレイヤの呟きに、ゲイルが如才ない返事をする。

ヴァイオレットの狼犬は厩舎に隣接する犬小屋に預けられているらしく、ゲイルはその番人に前もって情報を寄越すよう指示を出していたそうだ。こういう手回しの良さは、さすが王太子の側近だけある。

「そうなのですね。ありがとうございます、ゲイル様」

ニコリとして礼を言うと、その倍くらい輝かしい笑顔が返ってきた。

「いいえ。他ならぬあなたのためですから」

無駄に美貌と色気を振りまくのはやめていただきたい。

ときめいてしまうだろうが、こんちくしょう。

フレイヤはキュンキュンと音を立てている自分の心臓を無視して、ヴァイオレットの部屋に向けて歩き出した。

ヴァイオレットに宛がわれた部屋のドアの前に立ち、ノックをしようとしたフレイヤは、中から人の話し声が聞こえてきたのでその手を止める。

(……何か、言い争っている……？)

話の内容までは聞き取れないが、激しい物言いをしていることは分かる。おそらく女性の声だ。もし暴力的な行為があるようなら突入しようとゲイルを振り返った瞬間、ドアが勢い良く開いた。中から人が飛び出してきて、フレイヤに激突する。

「きゃ……！」

「フレイヤ様！」

当然ながら跳ね飛ばされたフレイヤは、背後にいたゲイルの腕の中に抱き留められて事なきを得たが、中から飛び出してきた人物は、勢いのまま跳ね返り尻餅をつくことになった。

「痛い！　なんなの、誰よ！　邪魔しないで！」

床に盛大にひっくり返り、腹立ちまぎれに罵声を浴びせかけたのは、なんとローザだった。

「まあ、ローザ様？」

フレイヤはゲイルの腕の中から身を起こしつつ、驚いて声を上げる。

どうしてヴァイオレットの部屋からローザが出てくるのだろうか。庭での騒ぎを思い出しても、仲が良さそうには見えなかったのに。

ローザの方も、ぶつかったのがフレイヤだとは思っていなかったのだろう。驚いた表情になり、焦ったように立ち上がった。

「わ、私、失礼しますわ！」

「あ、ローザ様⁉」

挨拶もせずそそくさと走り去っていく後ろ姿を、半ば呆然と見送っていると、今度は部屋の中から声がかかる。

「まあ、フレイヤ様？　もういらっしゃったのですね！」

目を丸くしているのは、ヴァイオレットだった。自分の部屋の入口でドタバタされれば、主が出てきて当然である。

「少し早かったかしら？　ごめんなさいね、ヴァイオレット様。先にお客様がいらしたなんて知らなかったものですから。お邪魔でなければいいのですが……」

一応謝罪すると、ヴァイオレットは「とんでもない」と首を振り、スッと部屋の方に身を引いてくれる。

「お邪魔だなんて……、あの、良かったら、どうぞ中へ」

「まあ、お優しいのね。ありがとうございます、ヴァイオレット様。では、お言葉に甘えて少しだけ」

フレイヤは長年の厳しい教育で培（つちか）った、完璧な淑女の微笑みを浮かべる。

「あの、ご覧の通り、つい今しがたまで他のお客様がいらしていて……お恥ずかしいけれど、あまり片付いていなくて……」

申し訳なさそうにヴァイオレットが促したのは、寝室の窓際に二客並んでいるチェアだった。脇に置かれた猫足のテーブルには、お茶と焼き菓子が手つかずのまま乗っていた。

「お客様って、ローザ様でしょう？　今出口でお会いしましたわ」

会ったというか、ぶつかったというか……と鷹揚に言ったフレイヤに、ヴァイオレットは曖昧に笑う。

「ええ……」

「ローザ様と仲良しでいらっしゃるのね」

あまり喋りたくなさそうだったが、あえて突っ込んでみる。鬼（おに）が出るか蛇（じゃ）が出るか、と言ったところだったが、ヴァイオレットは意外とアッサリと語り出した。

「……実は、ローザ様と私は、幼馴染なのです」

「まあ」

それは全く予想外の事実だった。

チラリとゲイルを見ると、彼も知らなかったようで、少し目を見張っていた。

ヴァイオレットはフレイヤをチェアの一つに座らせると、自分もその隣のチェアに腰を下ろした。

「ローザ様のお母様と私の母は、親友だったのです。結婚し子どもが生まれてからも交流があって、しょっちゅう互いの家を行き来していたものですから、ローザ様と私と、私の双子の兄は、半ば兄妹のようにして育ちました」

「まあ！　ヴァイオレット様には、双子のお兄様が？」

ローザとヴァイオレットが幼馴染だった事実にも驚いたが、ヴァイオレットが双子だったことにもびっくりさせられた。だがすぐにフレイヤは首を捻る。

（あら？　でもベッドフォード公爵家には、確かヴァイオレット様の弟しかいなかったような……）

それも、彼女よりも十歳ほど年の離れた弟だったはずだ。

フレイヤの疑問は予想していたのだろう。ヴァイオレットは苦笑して、小さく肩を竦めた。

「亡くなったのです。もう四年前の話ですわ」

四年前となると、ヴァイオレットとその双子の兄が十四歳くらいか。貴族の男子は寄宿学校に入るのが慣例だが、その入学時期は人によって違う。十三歳から入れるものの、二、三年遅れて入学することも稀(まれ)ではないため、ヴァイオレットの兄は寄宿学校に入学する前に亡くなったのだろう。

(寄宿学校に入っていれば、ベッドフォード公爵の嫡男が亡くなった事実が知れ渡っていないはずないもの)

王都の寄宿学校は、いわば貴族の縮図だ。そこで起こる出来事は、子どもの口から親へと伝わり、あっという間に周知の事実となるのだ。

「それは……ご愁傷様でした」

辛(つら)いことを思い出させてしまった、としゅんと肩を下げたフレイヤに、ヴァイオレットは首を横に振った。

「どうぞお気になさらず。もう乗り越えたことですから。でもローザ様は、私よりも兄との方が仲が良いくらいで……。兄が亡くなった時、とてもショックを受けていらしたんです。それ以来思い出すのも辛いからと、当家との交流を絶ってしまわれて……。今回、この選定会に参加されると聞いたので、私はとても楽しみにしていたんです」

言いながら、ヴァイオレットはテーブルの上のお茶やお菓子を悲しげに眺める。

「……今日、思い切って、ローザ様がお好きだったお茶やお菓子を用意して、お茶にお誘いしたんです。ローザ様は来てくださったけれど……なんだか、私、とても怒らせてしまったみたいで」

(……『お誘いした』?)

ならばローザが押し掛けたわけではなかったのか、とフレイヤは心の中で首を捻る。だがそれを表に出すことはせず、ヴァイオレットの話に聞き入る振りをする。

「ああ、それであの怒鳴り声だったのですね……」

フレイヤが部屋のドアをノックする直前に聞こえてきた声は、ローザのものだったのだろう。それならば、ローザがそそくさと逃げるように去っていったのも頷ける。

（誰かに怒鳴っているところなんて、淑女としては、人に見られたくはないものね）

王太子妃選定会に参加中なら尚更だ。

「でも、どうしてローザ様は怒ったのかしら」

お茶に誘われてここまでやって来たのだから、最初から怒っていたわけではないと思うのだが、とフレイヤが首を傾げると、ヴァイオレットは小さくため息を吐く。

「私が兄の形見のペンダントを、彼女に渡そうとしたからです」

「形見のペンダント？」

「ええ……。幼い頃に、兄とローザ様がお互いの似顔絵を描いたことがあったんです。上手に描けているからと、母達がそれを細密画（ミニアチュール）にさせてペンダントに仕立てたんです。二人はそれを、互いの顔の描かれた方をもらって身に着けていました」

「まあ、素敵なお話。まるで恋人みたいだわ」

互いの肖像画が描かれたペンダントを身に着けるなんて、恋物語に出てくるエピソードのようだ。ヴァイオレットは思い出話に興奮してきたのか、動物のことを語る時のように早口になっていく。

フレイヤの言葉に、ヴァイオレットはそっと目を伏せた。

「……まだ幼かったけれど、たぶん、兄はローザ様に恋をしていたんだと思いますわ。ローザ様のお気持ちは分かりませんけれど、でも憎からず思ってくださっていたのではないかと。だからこそ、兄が亡くなった時、あれほどショックを受けてしまわれて……。ようやく立ち直ったところに、私が辛かった記憶を思い出させるような真似をしたから、きっと怒ってペンダントも投げ捨ててしまわれたんですわ」

悲しげに語られる思い出話に、フレイヤは声のトーンを落として相槌を打った。

「まあ、そうだったのですか……」

ヴァイオレットの言葉通りなら、亡くなった恋人を思い出させてしまったのは、ローザにとっては辛いことだったに違いない。だがヴァイオレットも兄を偲んでやったことで、悪気があったわけではないだろうし、どちらが悪いとも言えない話に、フレイヤもなんだかしんみりとしてしまった。

重たくなった空気に、ヴァイオレットが気を取り直すように顔を上げる。

「こんな暗い話をしてしまってごめんなさい！　そうそう、フレイヤ様は、今日はどうしてこちらに？　私に何かご用がおありだったのでは？」

「あ、そうでしたわ！　わたくし、レオンくんにお会いしてみたくて！」

問われて、フレイヤはあらかじめ用意していた理由を口にした。ヴァイオレットは飼っている狼犬のことになると、途端にオドオドしていた態度から、いきいきとした様子に変わったため、その内容なら食いついてくれると思ったのだ。

（——あら？　そういえば……）

ふと心に過った違和感にフレイヤは目を瞬いたが、すぐにヴァイオレットのはしゃいだ声に意識を引き戻される。

「レオンに興味を持ってくださるなんて嬉しいわ！　フレイヤ様は動物がお好きなのね！」

「ええ、ポウィスの領地では、わたくしもたくさんの犬や馬を飼っていますの……」

「そうなのですね！　どんな犬種なのですか⁉」

やはり動物の話となると、ヴァイオレットは俄然食いつきが違う。

（本当に動物がお好きなのね……）

あの狼犬をしっかりと躾けられていたのを見れば、彼女には動物を手懐ける才能があるのは間違いない。

問題は、果たしてその才能が王太子妃にとって有益なものとなるか否かだ。

（そしてヴァイオレット様に、本当に王太子妃になる覚悟がおありかどうかも確かめなくては）

カメリアのように、本人にその意思がない場合もあるから、とても重要なことだ。

楽しそうに犬の話をするヴァイオレットに相槌を打ちつつ、どう探りをいれるか思案していると、「そういえば」とヴァイオレットが話を変えた。

「そう言えば、王太子殿下も犬を飼っていらっしゃるそうで、レオンに興味を持ってくださったみたいなんです。レオンの散歩に一緒に行ってみたいからと、『語らいの時間』には、まず私を指名してくださいました」

「……『語らいの時間』？」

初めて聞く言葉に、フレイヤは小さく首を傾げた。なんだか貴婦人のサロンで行われる『女性特有の猥談会』みたいなネーミングである。貴婦人はあくまで淑女なので、猥談なんていかがわしい話はしない。だからそれをカムフラージュするためにそういう如何にも高尚そうな「お時間」やら「会」やらを作るわけだ。フレイヤも内容を知らずに一度参加したがあるが、とても興味深い「淑女の会」だった。いろんな意味で、非常に良い経験だったと記憶に残っている。

ともあれ、王太子のネーミングセンスに失笑しそうになりなりながら訊ねると、ヴァイオレットは意外そうな顔になる。

「ええ。今朝王太子様よりお手紙が届いて、候補者たちのことをもっとよく知りたいからと、個別で語らう時間を設けるとのことでした。……フレイヤ様、まだご覧になっておられませんの？」

「まあ、本当ですか？　わたくし、今朝は所要があって自室を出ていたものですから。もしかしたら部屋には届いているのかもしれません」

そんなものが届いていたのか、とフレイヤは内心ちょっと焦った。今日も朝から情報収集のために離宮内のいろんな場所へ出向いていて、まだ自室に戻っていなかったのだ。

（でも、そうか。王太子殿下も動き始めたということね）

披露会を提示したきり、王太子側から何かする気配がなかったのだが、ここにきてようやく能動的な動きを見せた。

（候補者たちが、想定していたよりも積極的に動いていないせいでしょうね……）

選定会が始まって数日経過したが、候補者たちが積極的に王太子へ向けてアピールすることはなかった。

皆、自室に籠るか、離宮の中を散歩する程度の淡々とした日々を送っているらしい。披露会に向けての準備をしているとも取れるが、互いの出方を窺っているとも考えられる。各々のバックには有力者がいるため、下手なことをしないようにと慎重になっているのだろう。

(皆様、ご自分の背負うものを理解していらっしゃる証拠よね)

候補者の中では、フレイヤが一番動きを見せていると言っても過言ではない。と言っても王太子へのアピールではなく情報収集がメインなので、王太子との個人的な接触は一度もないのだが。

王太子はその『語らいの時間』の最初の相手に、ヴァイオレットを選んだようだ。

「良かったですわね、ヴァイオレット様！　王太子殿下と充実したお時間を過ごせることを祈っておりますわ！」

フレイヤが手を合わせて満面の笑みで言うと、ヴァイオレットは目を丸くした後、パッと顔を輝かせる。

「ありがとうございます！　明日の朝、レオンの散歩をご一緒する予定なのです！　頑張りますわ！」

その嬉しそうな笑顔に、フレイヤはふと質問をぶつけてみたくなった。

「あの……一つ、お訊ねしても？」

「なんでしょう」

「ヴァイオレット様は、王太子殿下のことがお好きでいらっしゃいますか？」

フレイヤの問いに、ヴァイオレットは目をパチパチとさせる。

「ええ、もちろんですわ。だってあんなに素敵な男性を、私は他に知りません。柔らかそうな栗色の髪に、華やかな美貌！　……お恥ずかしながら、私が子どもの頃に愛読していた物語の中に出てくる、王子様にそっくりなんですの！　殿下に初めて拝謁した時、運命を感じてしまいました……！」

きゃあ、と黄色い声を上げながら説明するヴァイオレットに、フレイヤは「なるほど」と思う。確かに王太子の容姿はいかにも王子様然としていて、少女の憧れる男性像そのものと言っていい。

（ならば、王太子妃になりたいという気持ちはお持ちなのね）

カメリアの例があるため、ヴァイオレットの意志を確かめておきたかったのだ。

少女の憧れの域を出ていない感じではあるが、好意があるのは間違いない。

（それに、恋の始まりというものは、そんな些細なきっかけなのかもしれないし）

自分にしてみても、ゲイルへの恋がいつ始まったのかなんて、はっきりとは分からない。それでも、最初に見た時から、彼はフレイヤの心に強い印象を与えていたことだけは確かだ。

だからヴァイオレットのこの恋の芽が、大きく花開く可能性は十分にあるはずだ。

ひとまず安心して、フレイヤはヴァイオレットに微笑みかけた。

「素敵なお話をありがとうございました。明日の『語らいの時間』が上手くいくことを、陰ながら応援しておりますわ。さて、ヴァイオレット様は明日の準備もあるでしょうから、わたくしはこれでお暇致します」

「あ、あの、フレイヤ様……！」

席を立とうとすると、遠慮がちにヴァイオレットが呼び止める。

「はい？」

「フレイヤ様は、どうして私を応援してくださるのですか？　ご自分ではなくて、私が王太子妃に選ばれてもいいと思っていらっしゃるの？」

こちらを祈るようにじっと窺うヴァイオレットの目は、期待に満ちている。

（……期待、ね……）

フレイヤは残念な気持ちを押し隠そうと、目を伏せる。

自分に一体何を期待しているのだろうか。実家との連絡を絶たれ、単身この三日月宮に入れられた状況は、深窓のご令嬢にはさぞかし心細いものに違いない。誰かに「わたしはあなたの味方よ」と言ってもらいたくなる気持ちは分からないでもない。

だが王太子妃になるということは、まさに今のような状況下に身を置くということに他ならない。王族として生きるためには、味方だと言って擦り寄って来た者こそ、敵だと思わねばならないのだ。状況判断を正しくできるように、情報を入手するアンテナは常に張り巡らせておかねばならないし、更に入手した情報の正誤を確認するためのコネクションを確保する必要がある。気の休まることなどない環境で生きていかねばならないのだ。

お互いに王太子妃候補であるフレイヤに、味方であることを望むようでは、王太子妃になる覚悟ができているとは言い難い。

フレイヤはニコリと微笑んだ。

「誤解をさせてしまったのならごめんなさい。けれど、わたくしは別にヴァイオレット様を応援しているわけではありませんの」

フレイヤの言葉に、ヴァイオレットの表情がサッと強張った。それに苦笑しつつ、フレイヤは続ける。

「わたくしは、もっともふさわしい方が王太子妃に選ばれるべきだと考えているだけです。国を担う者として孤独であることを受け入れ、その上で他を愛することのできる方であれば、ヴァイオレット様であろうと他の方であろうと、応援するのですわ」

言われていることの意味がよく分からなかったのか、ポカンとした表情のヴァイオレットにそう言い置いて、フレイヤは部屋を辞したのだった。

＊＊＊

ヴァイオレットの部屋を出て、自分の先を行くフレイヤの華奢な後ろ姿を見ながら、ゲイルは先ほどの彼女たちのやり取りを思い出していた。

ヴァイオレットがフレイヤへ依存するような発言をしたところで、フレイヤがヴァイオレットに見切りをつけたのが分かった。

さもあらん。同じ王太子妃候補者に、遠回しに「自分の味方をしてくれるかどうか」という発言をするあたり、小賢(こざか)しさというか子ども染みた狡猾さが垣間見えて、ゲイルとしても『不適格』と判断するものだ。

（そもそもあのような発言自体、まったく意味がない）

仮に「私はあなたの味方です」と言われたからと言って、それを鵜呑みにするのはバカのすることだ。ヴァイオレットではなくフレイヤが選ばれた時には「あなたは私の味方だと言ったのに、ウソつき！」と糾弾でもするつもりなのだろうか。それこそ、自分の愚かさを露呈するだけの、奇行とすら呼べるものだ。

ゲイルにしてみれば、フレイヤに「あなたの味方です」と言わせることで、自分が安心したいだけにしか見えない、あまりにも稚拙な言動だった。

だからフレイヤの判断は間違っていないと思うのだが、どうにも彼女の顔色が冴えないのが気になっていた。

「フレイヤ様、大丈夫ですか？」

声をかけると、フレイヤは歩みを止めてゆっくりと振り向いた。その愛らしい顔には、自嘲が浮かんでいた。

「……わたくし、そんなに顔に出てしまっているかしら？」

「いえ、私に分かる程度です」

あなたは自分の特別ですから、と暗に匂わせると、フレイヤは一瞬嬉しそうに頬を緩ませたものの、すぐにキリッとした真顔を取り繕う。なんだそれ。可愛い。ぎゅうぎゅうと抱き締めて泣くまでその野イチゴのような唇を貪ってやりたくなったが、ここは人目がある。我慢しなければ。

「……彼女にがっかりしてしまった自分に、少し嫌悪感を抱いてしまったの」

ヴァイオレット、と固有名を出さないのは、周囲を気にしてのことだろう。ここは廊下で誰が聞いているか分からない場所だ。実に行き届いた配慮のできる人である。本当に十八歳なのだろうか。可愛い。

「ご自分に、ですか」

ゲイルが繰り返すと、フレイヤは小さく嘆息して首肯した。

「だって、勝手に期待して、期待通りではなかったからと切り捨てるのは、あまりに傲慢だと思わなくて？　わたくしが彼女だったら、きっとひどく腹を立てるわ」

「……」

ゲイルは口を噤んだ。それはまぁ確かに、と思ってしまったからだ。

沈黙を肯定と判断したのか、フレイヤはまた苦笑を漏らした。

「……でも、この選定会はそういう場所だから、仕方がないのよね」

そういう場所とは、候補者達を取捨選択する場所、という意味だろう。たった一人の王太子妃を選び出すための機会である以上、他の者は切り捨てなければいけないのだ。

（……この人は、まさに施政者の器だ）

ゲイルは改めて実感する。フレイヤは取捨選択の必要性と重要性を理解した上で、それを冷徹に実行できる。だがそこに、切り捨てられる者への慮（おもんぱか）りを忘れないのだ。

（『清濁併せ呑む（せいだくあわせのむ）』とは、こういうことを言うのだな）

勧善懲悪だけでは政（まつりごと）を治めることはできない。統治とは、人と人、組織と組織、国と国との間の折り合いをつけることでもあるからだ。善悪の境目は、その者が所属する環境によって異なるものだ。一方で悪であっても、他方では悪ではないことなどしょっちゅうだ。

だからこそ統治者には、清濁を併せ呑むバランス感覚が必須だ。

フレイヤには、それがすでに備わっている。

さすがあの宰相閣下の手中の珠と呼ばれるだけある、とゲイルは心の中で感嘆した。

(……彼女が治めるポウィスは、素晴らしい領地となるのだろうな)

ポウィスには、この王国が建国する以前よりその地に住まう先住民ライデが、未だに存在する難しい土地だ。言葉も文化も違うライデとは、これまでのポウィス領主が何度も小さな衝突を繰り返していた。フレイヤの父が領主となってからは落ち着いたようだが、それでも彼らと折り合いをつけていくのは、なかなか骨の折れる仕事だろう。

それでも、フレイヤが領主となって治めるのであれば、きっと上手くいくのだろうと思えた。ライデを含めたポウィスの民と屈託ない笑みで笑い合うフレイヤが、容易に目に浮かぶ。

(彼女ならば、間違いない)

「あなたを選んだ私の目は、正しかった」

ゲイルはフレイヤを見つめて言った。

フレイヤはビックリ眼(まなこ)でこちらを見返して、それから「めっ」と叱るように顔を顰めて見せる。

「もう、またこんな所でそんな突拍子もないことを!」

どうやらゲイルの発言を愛情の発露であると思ったらしく、顔を赤くしながらもツンと顎を上げて歩き出してしまった。

愛情の発露であることも、ある意味正しい。なにしろゲイルはフレイヤが可愛くて仕方ない。今だって抱き寄せてあのバラ色に染まった頬に口づけたいのを、必死で堪えているくらいだ。だから敢えて訂正せず、黙ったまま（顔はにやけていたが）彼女の後を追った。

やがて『光の廊下』に差し掛かった所で、窓を覗き込むようにして誰かが立っているのを見つけて、フレイヤが小走りになる。

「リリー・ブランシュ様、ごきげんよう！」

フレイヤが明るい声で挨拶をした。

そこに立っていたのは、リリー・ブランシュだった。王太子の政敵であるラトランド将軍の姪である彼女の本来の職は騎士である。背筋を伸ばし、足を肩幅に開いて立つ騎士特有の立ち姿は、ドレスでは少々違和感があるのだが、背の高い彼女は妙に様になって見える。

「フレイヤ様。ごきげんよう」

リリー・ブランシュは凛とした声で挨拶を返したものの、フレイヤの背後に立つゲイルにスッと眼差しを向けると、その切れ長の目を眇めた。

「……そちらの騎士殿は、王太子殿下付きの方だと記憶しておりますが、何故フレイヤ様と？」

なるほど、この令嬢は騎士をやっているだけある。

ヴァイオレットはフレイヤがゲイルを伴っていることに疑問すら持っていない様子だったが、リリー・ブランシュは開口一番にそのことを指摘してきた。

ゲイルは感心しながらも、ニコリと儀礼的な笑みを見せて説明した。

「これはまだ内密なのですが……先日フレイヤ嬢のお茶に薬が盛られるという事件が発生し、このようなことがないようにと王太子殿下が憂慮され、私をフレイヤ様付きに任命されたのです」

嘘は言っていない。

「毒だって⁉　身体は大丈夫なのですか⁉」

リリー・ブランシュは顔色を変えてフレイヤの心配をした。言葉遣いが荒くなっているのは、驚いたあまり地が出ているのだろう。

「ご心配ありがとうございます。幸いお茶を飲む前に気づいたので……」

ゲイルの話に合わせてフレイヤが言うと、リリー・ブランシュはようやく表情を緩めた。

「ああ、そうだったのですね。良かった。そういうことなら、護衛騎士の方がフレイヤ様に付いているのも頷けます。それにしても、犯人は誰なんだろう……」

顎に手を当てて思案顔になるリリー・ブランシュに、フレイヤが「ところで」と話題を変えた。

「リリー・ブランシュ様はここで何を？」

この『光の廊下』はリリー・ブランシュに宛がわれた部屋とは真逆の場所にある。それをフレイヤも知っていたのだろう。

するとリリー・ブランシュはスッとステンドグラスを嵌め込んだ窓を指さした。

「珍しい光景だったので、つい観察をしてしまって……」

「ああ、ステンドグラス、とてもきれいですものね！」

この廊下の景色が好きだと言うフレイヤが、はしゃいだ声で相槌を打つ。

だがリリー・ブランシュは首を横に振った。

「いえ、ステンドグラスではなく、その向こうです」

「向こう？」

リリー・ブランシュの声に促されるようにして、フレイヤが窓の中を覗き込む。

ゲイルもまた、色鮮やかなステンドグラスの向こうにある景色へと焦点を移した。

すると眼下に噴水が見えた。

（――中庭か）

大理石でできた噴水は中庭のシンボルで、月光を反射してきらめくことから、『月の女神の噴水』と呼ばれている。ステンドグラスの景色に気を取られるせいか、その向こうに噴水が見えることにこれまで気づかなかった。

「まあ、噴水！　わたくし、ステンドグラスばかり見ていて気付きませんでしたわ」

ゲイルが考えていたのと同じようなことをフレイヤが言うと、リリー・ブランシュは苦笑しながら「いえ、噴水もなのですが」と続けた。

「ほら、あそこにローザ様がいるでしょう？　彼女はヴァイオレット様の狼犬の件があってから、庭に出るのを極力避けているようだったので、珍しいなと思って見ていたんです」

「まあ……」

リリー・ブランシュの言う通り、噴水の傍には女性の姿があり、中を覗き込むようにしている。確かにローザだった。

（……確かに、珍しいな）

外に出ているローザを眺めながら、ゲイルはローザ付きの侍女たちからの報告を思い出していた。彼女は自室から出ることはあまりなく、ベッドの中で物思いに耽っていることが多いらしい。食事は摂っているし、体調が悪いわけではなさそうなので、しばらく様子を見させているところだった。先ほどヴァイオレットと喧嘩もしていたようだし、生気を取り戻したということなのだろうか。

「噴水がお好きなのかもしれませんわね。水を見ていると、心が安らぐ気が致しますし。わたくし、ちょっとお話をしに行ってこようかしら……」

フレイヤが思案するように呟くと、リリー・ブランシュが「おや」と眉を上げる。

「今お喋りをしている私を差し置いて、ローザ様に会いに行かれるのですか？　なんだかちょっと妬けますね」

涼やかな目元に艶を乗せて、フレイヤを誘うように見るリリー・ブランシュに、ゲイルはギョッとなった。

（おい、ちょっと待て。おかしいだろう）

ここにいるのは、王太子の妃候補としてここにいる女性たちのはず。ならば王太子を奪い合えばいいものを、カメリアといいリリー・ブランシュといい、何故フレイヤに色目を使おうとするのか。おかしいだろう。

「あらまあ」

フレイヤの方も満更ではない表情で、口元に手を当ててクスクスと笑っている。

笑っている場合ではない。

「私と一緒にお茶でもいかがですか、フレイヤ様」

妙にいい声でリリー・ブランシュが誘う。しかもフレイヤの手を取り、そっと口づける仕草までしようとするので、堪らずゲイルは声を上げた。

「失礼。フレイヤ嬢はこの後用事がありますので」

言いながら彼女たちの間に割り込むようにして、フレイヤからリリー・ブランシュを引き剥がす。するとリリー・ブランシュはそれ以上食い下がることはなく、「それは残念」と言って身を引いた。

「では、また機会があれば是非」

「ええ、その時はご一緒させてくださいませ」

そう挨拶を交わした後、リリー・ブランシュは微笑みながら去っていき、フレイヤとゲイルもまたリリー・ブランシュとは逆方向に廊下を歩きだした。

しばらく無言で歩いた後で、フレイヤがごく小さな声でぽつりと言った。

「白百合の世話をする人が必要そうですわね」

まったく同じことを考えていたゲイルは、ニヤリと口の端を上げる。

「すぐに観察する者を手配しましょう。それと、すみれと薔薇の方にも」

「ええ、それがよろしいと思います。——近々、何か……」

フレイヤは言葉を濁したが、彼女の考えていることと、今自分が考えていることは、十中八九同じだ。

——近々、何か起きるだろう。

兆候が見えてきてしまったのだから。

第七章　間違いは正される

朝の陽光が、カーテンの隙間から射し込んでいる。

まだほの暗い部屋の中で、その白い光の筋に照らされて、端整な美貌が浮き上がって見えるのを、フレイヤは夢うつつにぼんやりと眺めた。

「……ゲイル様……?」

「おはようございます、フレイヤ」

いや、そんないい笑顔で挨拶をされても、と、まだ覚醒しきっていない頭でフレイヤは思う。

確認のために、頭の下の枕をぎゅっと掴む。——うん。やはりここはベッドだ。そして自分は今眠りから覚めたところ。つまり早朝である。

「……早朝から淑女の寝所に襲撃をかけるなんて……紳士のすることではありませんわ」

まだ頭が半分寝ぼけているせいか、少々婉曲な指摘をしてしまった。紳士とか以前に、もっと言わなければならないことが山ほどある。

するとゲイルは笑顔のまましれっと言い放つ。

「私は紳士ではないので構いません」

なんだと。そこは紳士でいてください。

「あの、ゲイル様……本当に、何故こんな朝早くから、こんな場所にいらっしゃるの？」

こんな場所――フレイヤのベッドに腰かけ、ゲイルは彼女の上に覆い被さろうしているのである。

「私の眠り姫を、キスで起こして差し上げようと思いまして」

「いえ、あの、冗談を言っている場合ではなくて……あっ、あの、ゲ、ゲイル様！　ちょっとお待ちくださいませ……！」

フレイヤの質問を無視して顔を近づけてくるゲイルを、フレイヤは腕を突っ張って必死に遠ざけた。間近でこの顔を凝視してはいけない。フレイヤはこの顔に弱い。この顔で迫られて、拒めたためしがないのだから。

「フレイヤ。どうか私を見て」

耳元で落ち着いた低い美声に囁かれ、フレイヤはぐう、と奥歯を噛み締める。フレイヤはこの顔だけではなく、この声にも弱い。顔も声も、全部、大好きすぎるのだ。ちくしょう。

「フレイヤ……。私に触れられるのが嫌ですか？」

沈黙すると、ゲイルが悲しそうな声で問いかけてきた。

「い、嫌ではありませんわ……！」

嫌なわけがない。愛する人にキスを迫られて、嫌だと思うわけがない。だが、よく考えてほしい。何度もしつこいくらい言ってきたではないか。自分達は今、禁忌の関係なのだと。バレたら最悪殺されるかもしれないというのに、どうして我慢ができないのだ、この男。

「フレイヤ……」

大きな手がそっとフレイヤの顎に添えられ、軽く持ち上げられた。

「ゲ、ゲゲゲゲイル様っ！　いけませんわっ！　わ、わたくしは、王太子殿下の花嫁候補としてここにいるのです！　殿下の近衛騎士でいらっしゃるゲイル様と、このようなことは……してはならないのですわ！」

何度目かも分からないフレイヤの説教にも、ゲイルは困ったように笑うだけだ。

「あなたは王太子妃になるおつもりはないと仰ったではないですか」

「ええ、その通りですわ！　わたくしのことはいいのです！　問題は、もしわたくしとこんなことをしているのがバレたら、殿下の近衛騎士であるゲイル様が罰されてしまいます！　そんなことになったら、目も当てられませんわ！」

本当に、もう何度も何度も説明してきたというのに！　と怒り半分で言い切って、フレイヤはゲイルをキッと睨んだ。

「だから、絶対にいけません！　どうかお離しになって！」

だがフレイヤの精一杯の怒り顔にも、ゲイルはフッと鼻を鳴らす。

「ゲ、ゲイル様っ……！」

「フレイヤ。絶対にいけないことなど、この世には存在しないんですよ」

ゲイルは嫣然とした笑みを浮かべてそう言うと、あっさりとフレイヤの唇をキスで塞いでしまった。

「ンん――――！」

こうして散々フレイヤの唇を貪った後、ようやく満足したのか、ゲイルはくったりとする彼女を解放してこう宣った。

「さて、朝の散歩と参りましょうか」

＊＊＊

ゲイルに叩き起こされた後、身支度を整えたフレイヤは、彼と共に庭に出てきていた。

まだ朝が早いせいか、澄んだ空気が心地好い。完璧に整えられた庭園の植物の緑が、白い陽光を受けキラキラと光っていてとても美しかった。

(ヴァイオレット様のレオンくんのお散歩があるから、午前中は庭に出ないようにしていたけれど、朝のお庭がこんなに美しいなら、少しもったいないなかったわね)

フレイヤは狼犬が怖いわけではないので、問題はなかっただろう。

「それで、どうしてこんな時間に散歩を……？」

フレイヤが訊ねると、ゲイルは彼女の手を取って自分の肘に導き、エスコートの体勢になりながら答えた。

「昨夜、リリー・ブランシュ嬢がカメリア殿下へ手紙を送ったとの報告が」

「！」

昨日、リリー・ブランシュ、ヴァイオレット、ローザの三人に監視をつけるという話をしていたから、そこからの報告だろう。

（リリー・ブランシュ様がカメリア様に接触……？　なんのために……？）

リリー・ブランシュが動くだろうことは想定内だった。だがその相手がカメリアだとは。

「その内容はお分かりですか？」

「『明日、朝の散歩を一緒にいかがでしょうか』という誘いだったようです。その誘いを受けたと、昨夜カメリア殿下から王太子殿下へ報告が」

「えっ？」

話の内容とこれまでの情報を合わせて、考えられうる可能性を検証しようとしていたフレイヤは、ゲイルの最後の台詞で頭の中で組み立てていたものが一気にすっ飛んだ。

「カメリア殿下が直接王太子殿下に報告されたということですか？」

呆気（あっけ）にとられながら訊ねると、ゲイルはコクリと顎を引いて肯定する。

フレイヤは思わずこめかみを揉んで唸り声を出した。

「カメリア殿下が、どういうおつもりで……？」

あのカメリアが、なんの意図もなくこんな行動を取るわけがない。何か理由があるはずだが、フレイヤは情報が足りなくてそこまで辿り着けなかった。

それはゲイルも同様だったようで、眉間に皺を寄せた顰（しか）め面（つら）で見解を述べる。

「分かりませんが……。情報を王太子殿下に流すことが、カメリア殿下の目的達成に繋がるということなのでしょう」

「『間違いを正す』……ということですか」

以前あの異国の美貌の王妹が言っていた台詞を思い出し、フレイヤが呟くと、ゲイルはまた首を上下させた。

「おそらく」

（間違い……とは、なんなのかしら……）

あの場でゲイルが訊ねたが、はぐらかされて終わっていた。あの調子だと、真っ向から訊ねたところでカメリアが口を割ることはなさそうだ。

（……ともあれ、カメリア殿下はカメリア殿下で、彼女の目的を果たすために動いているということよね）

「王太子妃を選定する」というフレイヤ達の目的と、彼女の目的は、同じではないけれど、相反するものでもなさそうである。ならばこれは「恩を売っておいて、後で返してもらう」といった取引のようなものと考えればいいのかもしれない。

思考の中に埋没して無言になったフレイヤに、ゲイルが歩きながらもう一つ情報を投下する。

「これから王太子殿下とヴァイオレット嬢が、狼犬の散歩をする予定です」

「あ……！」

なるほど、とフレイヤは理解する。

昨日の時点で、ヴァイオレットとリリー・ブランシュの発言の中で引っかかる点がいくつかあったのだ。

おそらく、あの二人は手を組んで何かを企んでいる。

「昨日の時点では、まだどういう結果を導こうとしているのか不明でしたから。ヴァイオレットとリリー・ブランシュが結託しているという証拠はありませんが、万が一に備えた方がいいかと」

「確かにそうですわ」

フレイヤは頷いて微笑み、瞑目して頭の中を一つ一つ整理していく。

まず、リリー・ブランシュとヴァイオレット、そしてローザが、共謀して何かを起こそうとしているということ。

昨日ヴァイオレットの部屋に訪れた時に、フレイヤはいくつかの違和感を抱いた。

まず、フレイヤが訪問すると分かっていながら、直前にローザを招いていたこと。

狼犬の散歩が午前中と定められているので、起きてからそれほど余裕はない。にもかかわらず、そこに詰め込むようにしてローザとフレイヤの訪問の予定を組むなど、普通ならあまり考えられない。よほど計画性がないが、逆に何かを計画しているか、どちらかだ。

フレイヤは後者だと踏んだ。つまり、ローザとヴァイオレットが派手な喧嘩をしているところを、フレイヤに見せたかったということだ。

そんな様子を見れば、フレイヤが「どうしたのですか？」と儀礼的にでも訊ねるのは自然の流れで、そこで身の上話をすることで『ローザがヴァイオレットを厭（いと）っている』という印象をつけたかったのだろう。

そして違和感の二つ目が、この時のヴァイオレットが、これまでのオドオドした態度ではなく、ハキハキと大きな声で喋っていたこと。

ヴァイオレットは自分の興味のあることに関しては、活き活きとして声も大きく、早口になるのだ。それは即ち、興奮すると態度が活き活きとして早口になると言い換えてもいい。フレイヤを謀ろうとしていたなら、上手くやろうと意気込むあまり興奮し、必要以上に大げさな態度になっていたと考えられる。

そしてその後すぐに『光の廊下』で出会ったリリー・ブランシュの言動。

ステンドグラスからの壮麗な景色に目が行くあの場所で、ステンドグラスの向こうにある外の景色に気が付くなど、なかなかないことだ。目的があって目を凝らして外を見ていたとしか思えない。つまりリリー・ブランシュは、ローザがあの噴水にいることを知っていて、それをフレイヤ達に見せるために、あのタイミングであの場所にいたということだ。

ヴァイオレットとリリー・ブランシュが手を組んでいることは間違いない。フレイヤがあの時間に訪ねることを知っているのは、ゲイルを除けばヴァイオレットだけなのだから。

（王太子妃の候補者五人の内、三人が揃ってわたくしを謀ろうと……）

そう考えると、胃の底がズンと重くなった。王太子妃選定会――フレイヤが参加したのは、未来の国母となるに相応しい女性を、この手で後押しするためだった。

（……それが、後押しどころか、謀略を暴くことになるなんて……）

悲しさと悔しさが綯い交ぜになった複雑な胸中に、ため息が零れる。

だがなによりも、謀においてこの自分を出し抜けると思われていた事実に、情けなさを覚えた。

「どんなことを企んでいるのであれ、腹黒でわたくしに敵う令嬢などおりません。必ずや裏をかいて差し上げますわ……！」

ふふふ、とくぐもった笑い声を上げると、ゲイルが苦笑しながら首を傾ける。

「あなたは腹黒というより……」

ゲイルの台詞はそこで途切れた。

甲高い悲鳴と、凄（すさ）まじい獣の咆哮（ほうこう）が聞こえてきたからだ。

フレイヤとゲイルは顔を見合わせると、同時に走り出した。

——デジャヴュを感じながら。

＊＊＊

獣の唸り声を辿（たど）って行きついたのは、中庭の噴水のある場所だった。

（——やはり）

そこは想定内だったので、フレイヤは驚かなかった。リリー・ブランシュがフレイヤ達に見せようとしていた場所だったからだ。

噴水の前には剣を構える王太子と、彼に牙を剥いて唸り声を上げている狼犬の姿があった。そして王太子の背後に庇われるようにしてしゃがみ込んでいるのは、ヴァイオレットだった。泣きじゃくっているのか、真っ赤になった顔はくしゃくしゃに顰められ、「レオン、レオン」と愛犬の名前を頑是（がんぜ）ない子どものように繰り返して呼んでいる。

これは一体どういう状況なのか、とフレイヤは一瞬顔を顰めた。ヴァイオレットの号泣っぷりは演技ではなさそうだ。そしてリリー・ブランシュとローザの姿は見えない。

ざっと確認した後、フレイヤは唸り声を上げている狼犬へ目を遣った。

（……レオンくんの様子がおかしいわね）

以前見た時には、その目に知的な光があって、人の言うことを理解できているのが見て取れたが、今は全くそれが失われていた。ギラギラとした獣の目は、どこか焦点の合わない濁った色をしている。鋭い歯を剥き出した口からは、ダラダラと涎(よだれ)が滴っていた。

「……薬を盛られている？」

狼犬の様子には既視感があった。ライデの民だ。熊狩りで負傷し、その治療のために麻酔薬として『ナイトメア・トランペット』ことダチェイラを使用された男が、あんなふうに常軌を逸した目をして、涎を垂らしていた。大怪我を負っているにもかかわらず暴れようとするので、四肢を縄で拘束されていた。衝撃的な出来事だったので、よく覚えている。

フレイヤの呟きを、ゲイルが低い声で「そのようですね」と肯定した。

「ジェイク、どういう状況だ？」

ゲイルが低い声で質問した。

（ジェイク？　誰……？）

ジェイク、という名前にフレイヤは内心首を傾げたが、それに応えるように王太子が「ハッ」と吐き捨てるように笑ったので、彼のことだと分かった。

（ああ、王太子殿下のミドルネームだわ）

王太子の名はレジナルド・ジェイコブ・ガブリエル――フルネームはこの三倍以上長いのだが、通用されているのがこの名だ。ジェイコブの愛称が、ジェイクとなる。

（王太子殿下をミドルネームで……口調もずいぶんと気安いわ）

ゲイルが王太子の側近であることは知っていたが、ミドルネームを愛称で呼ぶことを許されているほど親密だとは思わなかったので、フレイヤはちょっとびっくりしていた。

「ゲイルか。この噴水の水を飲んだ途端、狼犬の様子がおかしくなったんだ。噴水の水に何か入れられていた可能性が高い」

「ローザ様よ！　ローザ様が、昨日この噴水で何かしていたのを、私、見ました！」

王太子の説明が終わらない内に、ヴァイオレットが甲高い声を被せてくるので、ゲイルが眉根を寄せる。だがフレイヤにしか聞こえない程度の小声で「なるほど、そういう筋書きか」と呟いたので、フレイヤも心の中で同意した。

（……ということは、ヴァイオレット様とリリー・ブランシュ様が、ローザ様を噴水に毒を盛った犯人に仕立て上げたかったというわけね。……ではローザ様は共謀者ではなく、陥れられた被害者ということ……？）

となれば、とフレイヤの頭の中で、整理されていた事項がまた並び替えを起こす。

ヴァイオレットは昨日、死んだ兄のネックレスを渡そうとしたら、ローザが投げてしまったと言っていたが、それはたぶん嘘だ。ネックレスを投げたのはヴァイオレットで、それも噴水の中に投げ入れたのだろう。それをローザが取りに行くと分かっていたのだ。

これで『ローザが噴水に毒を入れ、その水を飲んだヴァイオレットの狼犬が狂暴化して王太子を襲った』という筋書きの出来上がりだ。

なるほど、そういうことか、と納得できたものの、胃の底の重さは治らない。

（気に食わないわ……ええ、実に気に食わない）

フレイヤはヴァイオレットを見つめた。この選定会内で策謀が繰り広げられるだろうことは、参加前から想定済みだ。フレイヤ自身は謀略の類をすべて否定するつもりはない。謀略も施政の一部だと考えているからだ。だから万が一謀られたとしても、その謀略が見事なものであれば、フレイヤは敵を賞賛してしまうだろう。

だが、こんな稚拙なものではお話にならない。

王城内の離宮という閉鎖された場所で、外部からの助力を得られない状況である以上、苦肉の策であったのかもしれないが、それにしてもあまりにお粗末だ。

（このフレイヤ・エリザベス・セシルを巻き込むならば、些細な瑕瑾(かきん)一つ見つけられないくらいに、完璧な謀略を計画していただかなくてはならないのですわ）

「ジェイク、助太刀する」

「僕を誰だと思っているの？　加勢は不要。それに、相手は獣だ。今下手に動かれる方がまずい。……だが剣は抜いておいてほしいな」

ゲイルの問いに、王太子は飄々とした口調で指示を出すも、狼犬から目を離さない所を見れば、口調ほどの余裕はないようだ。

（それはそうよね……相手は猛獣だもの……）

理性を失った狼犬は、野獣でしかない。一歩間違えは食い殺されてしまうだろう。

切迫した状況にゴクリと唾を呑み、足手纏いにならないようにと、フレイヤはゲイルの背中で大人しく息を潜める。

そんな中、ヴァイオレットだけは酷く取り乱していた。

「レオン！　レオン！　お願い、正気に戻って！　私よ！」

おいおいと泣きじゃくり、悲鳴のように飼い犬の名前を繰り返している。狼犬はヴァイオレットの甲高い声に興奮を煽られるのか、唸り声は呼応するように大きくなっていく。

「ヴァイオレット嬢、もう君の声も届いていない。危険だから、声を出すのはやめなさい」

見かねた王太子が注意するが、ヴァイオレットは聞く耳を持たなかった。

イヤイヤとむずがるように頭を振り、王太子のフロックコートに縋るようにしがみ付く。

「殿下、殿下、お願いです。どうかレオンを殺さないで！　今はおかしくなっているだけなんです！　あの

子はいい子なんです！」

「ヴァイオレット嬢、手を放しなさい！　危険だ！」

「イヤです！　殿下こそ、レオンに剣を向けるのをやめて！」

着ている上着を掴まれていては、身動きが取れない。剣術に詳しくないフレイヤですらハラハラしてしまう光景に、ゲイルが黙っていられるわけがない。

「フレイヤ、絶対に動かないで」
チ、と舌打ちをした後、低い声でそう言うと、ゲイルは二人の方へ駆け寄ろうとソロリと一歩足を動かした。
野生に戻った猛獣は、それを見逃さなかった。クッと頭をゲイルの方へ向けると、体勢を低く構えたかと思ったら、次の瞬間には前肢を弾ませゲイルに向けて跳躍してきた。

「ゲイル様！」

「ゲイル！」

フレイヤと王太子の悲鳴は同時だった。だがそれに一泊遅れて、「ギャン！」という獣の悲鳴が響き、毛に覆われた巨体はゲイルから逸れて地面に叩きつけられる。その脇腹には、黒くて長い針のようなものが、深々と刺さっていた。

「レオン！」

今度はヴィオレットが悲鳴を上げる。地面に伸びて痙攣する狼犬に駆け寄ろうとする彼女を、のんびりとした声が止めた。

「おやおや、およし、バカ娘。不用意に矢に触れればお前もひっくり返ることになるよ。まあ、死にたいなら止めやしないけれど」

言葉通り、ヴァイオレットにばかにした眼差しを向け、緋色のローブを翻しながら現れたのは、異国の美姫、カメリアだった。

褐色の手には、鈍色に光る金属の細い筒が握られている。

「カ、カメリア様……!?」

フレイヤは、呆気に取られて呟く。狼犬を倒したのは、彼女なのだろうか。

カメリアはフレイヤに気づいて、ヒラヒラと手を振ってきた。

「おや、フレイヤ。会えて嬉しいぞ。そなたは相変わらず可愛らしいこと」

それはどうも、とフレイヤは顔を引き攣らせる。この間、媚薬を盛られたことは忘れていない。ゲイルもまた噛みつかんばかりの目でカメリアを睨んでいた。

緊迫した場面で一人優雅なカメリアに、王太子が困惑の表情で尋ねる。

「カメリア殿下。どうしてここへ？　危険ですのでお下がりください」

王太子の忠告に、カメリアは倒れている狼犬を顎で指した。

「ご心配には感謝しますが、あの可哀想な犬はもう動けませんよ。大型の虎にするのと同じだけの量の麻酔薬をぶち込んでやりましたから」

「麻酔薬……？　それは、吹き矢ですか？」

王太子はカメリアの手にした筒へ視線を向ける。その視線に気づいたのか、カメリアはうっすらと微笑んで、細長い筒をぶんぶんと振って見せた。

「そう。我が国では、建国の王は虎に乗って神の国よりやって来たという、ばかげた伝説がありましてね。代々の王は王宮で虎を飼うのが習わしとなっている。飼っているとはいえ、人に慣れぬ猛獣だ。危険時には即座に昏倒させるための技術も道具も揃っているのです。この吹き矢がそれというわけですよ」

なんでもないことのように説明されて、一同はただ唖然と彼女を見つめた。

あの切羽詰まった危機を、颯爽と現れてあっという間に解決してしまった異国の姫に、皆驚きを通り越して呆然としてしまっていた。

虎が日常的に存在する生活など、この国ではあり得ないのだから当然だろう。

「危険を冒してまで猛獣を飼うなどと、下らん習わしだとばかにしていたが、存外役に立ったわ」

ククク、と喉を転がすように笑うカメリアに、ゲイルが剣を鞘に納めて無言で歩み寄る。

そして彼女の前に立つと、吹き矢を指さした。

「借りても？」

「どうぞ」

カメリアはアッサリと差し出された手に吹き矢を乗せる。その武器は、大人の男性の腕ほどの長さがあり、一見すると楽器のようにも見えた。ゲイルはその筒を様々な角度から観察した後、それをカメリアに返しながら言った。

「……これだけの細く長い筒を吹いて、あの距離に矢を飛ばすとなると……相当な肺活量が必要だ。あなたはずいぶんと強靭な肺をお持ちなようだ、カメリア殿下」

唇の端は吊り上がっているものの、全く笑みの浮かんでいない目で、ゲイルはカメリアを見据えた。

「本当に女性ですか？」

その一言に、その場が凍り付く。

一国の王女に対し、なんて失礼なことを言うのか！

フレイヤはゲイルの後頭部を引っ叩きたくなった。カメリアが異国の王族でなかったとしても、女性に対して非礼すぎる一言だ。

焦る周囲とは裏腹に、カメリアはゲイルの指摘に微笑みを深めるだけだった。その笑みがゾッとするほど冷たく見えたのは、きっと気のせいではないだろう。

両者共に仁王立ちで睨み合う。二人から醸し出される迫力に圧され、フレイヤのみならず、他の者も皆、思わず固唾を呑んでそれを見守った。

沈黙を破ったのは、カメリアの方だった。やれやれ、と深く息を吐くと紅を引いた蠱惑的な唇を開く。

「……まあ、それはひとまず置いておいて、先に始末をつけなければならない事柄があるだろう？　ほれ、そこで腰を抜かしておるバカ娘とかな」

「あ……！　わ、私……！」

褐色の手が指す先には、動かなくなった狼犬の傍でへたり込むヴァイオレットがいた。

自分に話の矛先が向き、ヴァイオレットはザッと蒼褪めて、明らかな狼狽（ろうばい）を見せる。

自分の持ち込んだ飼い犬が王太子に牙を剥いたのだ。厳罰に処されることは明白だ。

それゆえの怯えとも取れたが、それだけが理由ではないと、フレイヤは知っている。

麻酔を打たれて意識のない自分の犬に縋りつき、ウロウロと視線を彷徨わせている彼女は、まるで誰かを探しているようだ。

「誰をお探しですか、ヴァイオレット様」

フレイヤは名を呼んだ。自分が意図していたよりも硬い声が出てしまったが、今はあまり寛容な気持ちになれないので仕方ない。

ヴァイオレットはビクッと身体を震わせ、恐々（こわごわ）視線をフレイヤへと向ける。

（……そんなに怯えるくらいなら、最初からやらなければいいものを）

覚悟のない者が何かをなそうとすれば、失敗する確率は当然上がる。だがここで問題なのは、そのツケを払うのが巻き込まれた者たちであることが、圧倒的に多いことだ。

フレイヤは横たわる狼犬を見た。可哀想に、と憐（あわれ）みが胸に広がる。あの獣はあんなふうに傷つけられる必要など欠片もなかったのに。

（迷惑千万とはこのこと）

「王族に牙を剥いた獣は、処分されます」

フレイヤは淡々と告げる。当然だ。カメリアのおかげで事なきを得たが、次代の王が噛み殺されていたかもしれないのだから。人であれば反逆罪として一族郎党処刑される案件である。

フレイヤの台詞に、ヴァイオレットは顔色を紙のようにして、フルフルと頭を振った。

「そ、そんな……！」

「あなたはこうなることを分かっていて、レオンくんを利用したのではないのですか」

我ながら残酷な台詞だと思う。そもそも自分に彼女を責める権利があるだろうか。

だが飼い主の浅慮で命を落とすこの獣のことを思うと、言い方がきつくなるのを止められなかった。

フレイヤの批判に、ヴァイオレットは涙を浮かべて反論する。

「ち、違います！　そんなこと！　レオンがこんなふうになるんだなんて、私は聞いていませんでした！　こんなふうになるなら、私は絶対に協力しなかった！　私は……私はただ、リリー・ブランシュ様に言われて……！」

「おお、そうじゃそうじゃ、そなたも一緒じゃったなぁ、リリー・ブランシュ。ほれ、隠れておらんと、出てこんか」

ヴァイオレットが名前を出した途端、カメリアが思い出したように手をポンと叩き、背後に見える椿の垣根の方に向けて叫んだ。全員の視線がそちらへ向き、しばしの沈黙の後、硬い表情のリリー・ブランシュが姿を現す。

彼女の顔を見たカメリアが、プッと噴き出してからかった。

「なんじゃ、悪事を暴かれたからと言ってその不貞腐(ふてくさ)れた顔は！　イタズラがバレた子どもでも、もう少々悪びれた顔をするものだ」

カメリアの明るい声音に、張り詰めていた空気が少し緩んでしまう。

（この方は……本当に、いろんな意味でマイペースと言うかなんと言うか……）

フレイヤは半ば呆れながらカメリアを眺める。豪放磊落とは彼女のような人のことを言うのだろう。空気を読めないのではなく、読もうとしていないのが、その飄々とした表情でよく分かる。「何故そんなものをこの私が読まなくてはならないのか」という彼女の心の声が聞こえてくるようだ。

カメリアの言葉に、リリー・ブランシュは困ったような笑みを浮かべて肩を竦める。

「……私は、カメリア様と朝の散歩に興じていただけです。獣の声を聞いたカメリア様が走り出してしまわれたので付いてきたものの、獣が怖くて隠れていたにすぎません。悪事だなんて……そのような言いがかりをつけられては困ります」

まるであらかじめ用意していたような台詞を吐くリリー・ブランシュに、カメリアが「ふふふ」と含み笑いをしながら、赤く塗られた爪を彼女の首元へ向けた。

「そうか。ならばそなたが今身に着けているそのネックレス――検めても別に構わんな？」

「――！」

サッと狼狽に顔を歪めたリリー・ブランシュが、踵を返そうとした瞬間、ゲイルが風のように動いた。リリー・ブランシュも女騎士であるとはいえ、騎士の中でも精鋭しかなれないと言われる近衛騎士には敵わない。向かってくるゲイルに応戦しようと身構えたものの、あっという間に間合いに入り込まれ、腕を取られて背中に捩じり上げられると、次の瞬間には地面にうつ伏せに押さえ込まれた。女性相手とはいえ、ゲイルは全く容赦なかった。苦しげに呻くリリー・ブランシュを無視し、その背中に膝で圧し掛かり動きを封じると、項にかかっている細いチェーンを無造作に引き千切る。

「これですか?」

ゲイルは淡々と言って、ネックレスをカメリアの方へ掲げて見せた。長いチェーンの先には金色の大き目のロケットが付いている。

カメリアはゲイル達の方へ歩み寄りながら、満足そうに頷く。

「多分な。——どれ」

言って、ゲイルからネックレスを受け取ると、長い爪で器用にロケットを開いた。

「おお。やはり、思った通り。こういう見つかってはいけないものは、肌身離さず持っているだろうと思ったのだが……なんじゃ、単純じゃのう、そなた」

カメリアが指で抓(つま)んだのは、小さく折り畳まれた茶色い油紙だった。油紙とは、薄く蠟(ろう)を塗って乾かした紙で、水分や油分の含んだ物を持ち運ぶ際に使われる。

中に入っていたのは、ネットリとした液体だった。

「そ、それは私の喉(のど)薬です! 返してください!」

押さえつけられていたリリー・ブランシュが、頭を擡(もた)げて叫ぶ。確かに彼女の言うように、遠目から見るとそれは、この国で喉薬として使われる柔らかい軟膏(なんこう)によく似ている。

だがカメリアは、それをせせら笑った。

「おいおい、これが喉薬？　物騒な喉薬もあったものだな。これは『悪魔の祭り』。その名の通り、人を悪魔に変えて踊り狂わせる劇薬だ。微量で人に幻覚妄想を見せ、五感を麻痺させる。薬の効いている間に、凶暴化したり沈鬱化したり、或いは昏倒したりとその症状は多岐に渡るが、量を増やせば、人を即死させることも可能だ」

カメリアの異名が『毒使い姫』であることを知っているフレイヤとゲイルは、その説明に驚かなかったが、リリー・ブランシュは目を見開いて絶句している。おそらくその液体の内容を正確に言い当てられたのだろうが、まさか一国の王族で深窓の姫君であるはずのカメリアに見破られるとは思ってもいなかったのだろう。

「豆油(まめあぶら)の飴(あめ)でもう乳化した後だな。零れないように、油紙で包んである。賢いではないか」

「……豆油の飴？」

ゲイルが訊ねると、カメリアは「うむ」と首肯する。

「この『悪魔の祭り』は粉状の毒薬なのだが、そのままでは水に溶けないのが難点でな。大豆の油を精製して作る粘着物質に混ぜてやると、あら不思議、水にも溶けるようになるのだ。これをあの噴水に入れたのだろうよ」

くい、と尖った顎を上げて噴水を指すカメリアに、押さえつけられていたリリー・ブランシュが頭を擡(もた)げて叫ぶ。

「ち、違います！　言いがかりです！　大体、カメリア様に薬のことなど分かるわけがない！　ただの素人ではないですか！　そんな人の言うことを真に受けて、私をこのような目に遭わせるなんて、伯父上が聞いたらタダじゃ済みませんよ！」

とうとう自分の後ろにいる権力者の名を出してきたリリー・ブランシュに、カメリアが失笑する。

「そなたの庇護者はラトランド侯爵だったな。困った時の伯父上様か？　残念だが、私はこの『悪魔の祭り』に関しては、専門家なのだよ」

「はぁ……!?　何をいい加減なことを……！」

「いい加減なものか。なにしろ『悪魔の祭り』を作れるのは、この世で私だけだからな」

カメリアの衝撃的な発言に、その場がシンと静まり返った。情報量が多すぎて、皆が困惑しているのが分かる。

（ちょ……ちょっと待って……！）

フレイヤですら、この状況に目を回しそうだった。

一同が混乱する中、悲鳴のような声を上げて笑い出したのは、リリー・ブランシュだった。

「ハハハ！　嘘を吐かないでください！　その薬はラトランド侯爵家の家宝だと伯父上が言っていた！　他国の人間であるあなたが作れるわけがない！」

勝ち誇ったように叫ぶリリー・ブランシュに、カメリアが冷酷な眼差しを向ける。

「自ら墓穴を掘るとはな。窮地に陥って、判断力もなくなったか。憐れな」

「な……！」

「『悪魔の祭り』は、私の母が王の命令で作り出した、我が国の秘薬だ。元は媚薬を作ろうとしてできた失敗作であったため父王は興味を示さなかったが、その後王座に就いた兄は利用できると踏んだのだろう。人を幻覚妄想状態に陥らせ、その間の記憶を失わせる薬だ。おまけに量の調節次第で廃人にもできるし、即死させることも可能。悪事に利用しようと思えばいくらでもできる。兄は大喜びでこれを国の秘薬と定め、その処方を門外不出とした。そしてその処方は母から私へと受け継がれ、その母が亡くなった今、この薬を生み出せるのは私だけということだ」

唖然とカメリアの言葉に聞き入っていたせいで、誰も口を開かない。すると彼女は「疑うならば、寸分違わぬ物を作って見せてやっても良いぞ？」とおどけて見せたが、それでも誰も喋ろうとしないので、肩を竦めて話を続けた。

「……だがたった一度、兄王は金欲しさにこれを他国の貴族に売ったことがある。その貴族の名は……」

淡々と語るカメリアとは真逆に、リリー・ブランシュの顔色がどんどんと蒼褪めていく。冷や汗をかいているのか、額がしっとりと濡れはじめていた。

「あ……ああ……！」

「そなたが申してくれたよな。――そう、ラトランド侯爵だ」

カメリアの断罪に、リリー・ブランシュはがっくりと項垂(うなだ)れた。戦意を喪失した彼女に変わり、フレイヤが口を開く。

「……ではつまり、この毒薬はラトランド侯爵がセルシオから買ったもの、ということですか？　侯爵は、なんのために毒薬を？」

　毒ならば他にもある。それを、何故わざわざ他国から取り寄せる必要があったのだろうか。

「……これは痕跡を残さない毒だからな。遺体の状況から死因が毒だと推測はできても、決定的な証拠がでないのだ。暗殺にはこれ以上はない毒だろう」

　痕跡を残さない、という言葉に、ゲイルが反応した。

「『天使の夢』……」

　その呟きに、カメリアが唇を歪める。

「我が国の悪名高き毒薬じゃな。死を齎す毒が『天使の夢』とは皮肉な名前よ。この『悪魔の祭り』は、『天使の夢』の改良版といったところか」

　セルシオの『天使の夢』は、戦争で使われたことで有名となったため、フレイヤでも知っている。戦争であったとはいえ、セルシオのその大量虐殺は歴史に残るほどの凄惨な事件だった。それを作ったのもカメリアだったのか、とフレイヤは複雑な思いになってしまう。

「良からぬことに使用されるだろうことは分かっていたが、当時の私はまだ十二歳だ。異国の侯爵が行う悪行よりも、兄王の拷問が怖かった。言われたままに作るしかなかったのだ」

　カメリアはサラリと言うが、まだ十二歳の少女が、拷問に怯えて毒薬を作らなければならなかった状況を想像し、胸が塞がってしまう。

　同情の言葉をかけようとしたフレイヤを遮るように声を発したのは、ゲイルだった。

「十二歳⁉　ということは、十年前ですか⁉」

　ゲイルの声は鋭かった。そのあまりの迫力にビクッと身を竦ませて彼を見れば、切迫した表情でカメリアを凝視している。リリー・ブランシュを捕縛していなければ、今にもカメリアに掴みかかっていただろう。

　彼の勢いに、カメリアも目を丸くしながらも、「ああ」と肯定した。

「間違いない。私の十二歳の誕生日に、薬を作れと殴られたからな。よく覚えている」

　セルシオの王の話は、聞けば聞くほど酷いものばかりだ。フレイヤが頭の中で、見たことのないセルシオ王の鼻の孔に石を詰め込んでいると、ゲイルが震え声で呟いた。

「……十年前……！　正妃が毒殺され、メルディ公爵が側妃殺害を目論んだという嫌疑で称号剥奪された年だ！」

「あっ……！」

　フレイヤは息を呑んだ。今まで見つからなかったスペースに、別のパズルのものだと思っていたピースが嵌まった——そんな感覚だった。

「……正妃はとても優しい性格だったのに、ある時を境にとても気が荒くなったり、沈鬱になったりと、感情が極端に不安定になった。夫である王にさえ、奇声を上げて殴りかかることもあり、それを倦んだ王は正妃から遠ざかるようになった。正妃の症状は悪化の一途を辿り、やがてある日、薬湯を飲んだ後、血を吐いて死んだ。——それが、ちょうど十年前だ」

　ゲイルが唸るような低い声で言う。その目には暗い光があり、見ている者をゾッとさせる威圧感があった。

王太子は母妃を喪い、その外祖父までも排斥されたことで、これまで苦しい状況下にいた人だ。その側近として、ゲイルもまた苦渋を飲まされてきたのだろう。

「……まさに、『悪魔の祭り』の症状そのものじゃな」

カメリアが自嘲の混じる苦い笑みを浮かべて同意する。

「なんてこと……！」

フレイヤは知らず呟いていた。つまり、正妃はラトランド侯爵によって『悪魔の祭り』を飲まされ、それによって死亡させられていたのだ。十年の時を経てようやく明るみになったその恐ろしい事実に、皆呆然としていた。

「ちくしょう……！」

血を吐くような声を絞り出すゲイルに、王太子が歩み寄ってその肩を叩く。

「代わろう、ゲイル」

そう言って、怒りを堪えるあまり身を震わせるゲイルに代わり、リリー・ブランシュを押さえ付けると、その手足を縄で縛った。

そしてカメリアに向き直ると、片膝をついて彼女を真っ直ぐに見上げる。

「これまで証拠がなくて、ラトランド侯爵を訴えることすらできずにきたのです。……だが、これで断罪できる。カメリア殿下、どうか我らの無念を晴らすため、真実を証言していただきたい」

王太子が最上級の礼を取ったことに、カメリアが困ったような笑みを見せた。

「王の子が気安く膝をついてはいけません、レジナルド殿下」

「いいえ、これは我らの悲願なのです。この悲願が果たされるならば、この膝を土につく程度のこと、いくらでも致します」

いつも飄々とした態度を崩さなかった王太子のこれほどまでに必死な姿に、フレイヤも胸が打たれるものがあった。傍らではゲイルが苦悩に満ちた表情で拳を握っていて、彼らがこれまで歩んできた苦難の道の上には、正妃の死が大きく影響していたことが見て取れた。

（この人達は……正妃様の無念を晴らすことを目標としてきたのね……）

もしかしたら、生きるための指針ですらあったのかもしれない。

王太子の懇願に、カメリアは「もちろん」と頷いた。

「証言致します。……ですが、条件がございます」

その台詞に、フレイヤは思わず息を詰めてカメリアを見てしまう。

（――条件！　つまり、カメリア様の目的が分かる……！）

彼女が言っていた『間違いを正すため』という言葉の謎。彼女がこの国の王太子妃選定会に参加した本当に理由が、今明かされるのだ。

（カメリア様の特殊な生い立ちや毒薬生成術などが、王太子殿下に繋がる何かがあるはずなのよ……！）

でなければカメリアが、王太子の側近であるゲイルにこれ見よがしに手の内を見せるはずがない。ずっと自分の頭の中にあった疑問がいよいよ解けるのだと思うと、不謹慎かもしれないがドキドキしてしまう。

ゲイルも同じだったのか、カメリアの顔をじっと見つめていた。

「私がこの国に亡命することを許可していただきたい。そして、我が兄を討つためにご助力いただきたいのです」

「な――」

まさかの発言に、その場にいた一同が仰天する。

紛うことなきクーデター宣言である。なんという爆弾発言をしてくれるのか。

驚く皆をぐるりと見まわして、カメリアは続けた。その美しい顔には、いつもの飄々とした笑みが浮かんでいない。真摯で切実な、決意に満ちた表情だった。

「他の兄弟を悉く殺害し王座についた現セルシオ王は性質があまりに残虐で、その施政は暴虐としか言いようがない。己に阿る者だけを重用した結果、政治は腐敗し、民は王の私欲を満たすために搾取される一方だ。私は……母の愛したあの国を、このままにしておくわけにはいかない。故に、間違いを正すことにしたのです」

「間違いを正す……？」

王太子がわずかに首を傾げて鸚鵡返しをすると、カメリアはニコッと微笑んでシュルリと身に纏っていたローブのような民族衣装を剥ぎ取った。

「なっ……!?」

「きゃっ」

いきなり服を脱ぎ出され、周りは焦って悲鳴を上げたが、次の瞬間絶句することになる。

衣服を脱ぎ、その艶めかしい褐色の肌を曝け出したカメリアの上半身には、均整の取れた美しい胸筋が輝いていた——柔らかい膨らみではなく。

その盛り上がった胸筋の下には、ぼこぼこと割れた腹筋が続いている。

「——お、男⁉」

「う、嘘でしょう⁉」

「これはまた……！」

驚愕（きょうがく）の声が飛び交う中、フレイヤもまたあんぐりと口を開いてカメリアの裸の上半身を凝視していた。

（カ、カメリア様が、男性……⁉　そ、そんなばかな……⁉）

あんなにも美しくたおやかな人が、男性だなんてことがあり得るのだろうか。

だが実際に目の前のカメリアの身体は女性には全く見えない。鍛えられた軍馬のようにしなやかな筋肉が備わっていて、まるで軍神イデオスの彫刻のようだ。あの民族衣装のローブが、この直線的で硬質な肉体を隠していたのか、と妙に納得させられた。道理で常に巻き付けているわけである。

騒然とする中、ゲイルだけは驚いた様子を見せず、じっとカメリアを睨みつけている。

その視線に気づいたのか、カメリアが腰に手を当てて肩を竦めた。

「なんじゃ、騎士殿は驚いておらんな」

「予想はしていたので」

淡々と答えるゲイルに、フレイヤは「あっ」と思う。そういえば先ほど、ゲイルはカメリアに向かって「本当に女性ですか」と質問していたのを思い出したのだ。

なんて失礼なことを抜かすのかこのばかもの、とその時は心の中で罵倒したけれど、ゲイルの方が正しかったのか、とフレイヤは心の中で感嘆する。

(素晴らしい観察眼ですわ、ゲイル様……！)

さすが自分の惚れた男！　と謎の誇らしさに駆られて目を輝かせていると、ゲイルがこちらを見て何故かため息をついた。

裸を確認させて気が済んだのか、カメリアはまた衣類を着込みながら説明を続ける。

「私が生まれた時、母は姫として育てることを即座に決めました。男であれば、王位継承に関わってくる。当然命の危険は倍増することが分かっていたのです。ハレムの恐ろしさを知り尽くしていた母らしい決断だったと思います。そして案の定、父が崩御した後、現王が男の兄弟を皆殺しにした。私がここに立っていられるのは、母の決断のおかげですね」

カメリアは何でもない事のようにサラリと言って、肩を竦めた。

「――だが、もう傍観していられる状況ではない。私は男に戻り、セルシオの王子として兄王を討つつもりです。その手助けをしていただきたい」

きっぱりと言い切ったカメリアに、王太子は苦しい表情になった。

それはそうだろう、とカメリアも思う。

なにしろ、事が大きすぎる。他国のクーデターにこの国が関与するとなれば、戦争は不可避だ。セルシオとは現在良好な関係を築いているこの国が、その友好関係を崩すとなれば、反対する者は多いだろう。王太子の一存で決められる内容ではない。

答えを明確にしない王太子に焦れたのか、カメリアが眉根を寄せた。

「――私の条件が呑めないというのであれば……」

「条件を呑もう」

カメリアの声を遮るように答えたのは、ゲイルだった。

(――えっ……!)

何故お前が答えているのだ、と、フレイヤは呆気に取られてしまう。

いくら王太子の側近であるとはいえ、国の一大事を決定する権利など、ゲイルにあるわけがない。皆もそう思っているのか、唖然とゲイルを見つめていた。

だが王太子だけは驚いた様子もなく、深々とため息をついている。

「……おぬしに言われてものぅ」

「――私の側近が言った通り」

すっこんでおれ、とでも言わんばかりのカメリアに、ゲイルが切り込むように応える。

その口調が威厳のあるものに変わっていることに気づいて、皆がハッとした表情になる。

(……ゲ、ゲイル様……？)

フレイヤもまた目を丸くしていた。

ゲイルの様子が一変している。

今までも見目の良さや大柄な体格から目立つ存在ではあったが、今のゲイルはその比ではない。口調だけでなく、その身から醸し出される雰囲気が、支配者のそれだった。

カメリアも目を見開いてゲイルを見ている。

「――母である正妃を殺害されて以来、王太子とは名ばかりだった。後ろ盾のない王太子は、側妃と第二王子、そしてその外戚ラトランド侯爵によっていつその座を奪われてもおかしくない状況だ。私は母が毒殺されたと確信している。その犯人に復讐する時をずっと待ち詫(わ)びてきたのだ」

地を這うような低い声で語るゲイルに、カメリアが吃驚(きっきょう)した表情で首を横に振る。

「おぬし……いや、あなたは……」

その呟きに応えるように進み出たのは、王太子――いや、ジェイクと呼ばれた青年だ。

ゲイルの傍に膝をつき、最大の礼を取って声を上げる。

「恐れながら――近衛騎士団長ジェイク・アルドリッジが申し上げます。こちらにおわす御方こそ、我が国の第一王子にして王太子、レジナルド・ジェイコブ・ガブリエル殿下にあらせられます」

(――嘘でしょう⁉)

フレイヤは心の中で絶叫していた。

どういうことだ。ゲイルが王太子？　そんな話は聞いていない！　王太子は、そこにいる金髪の青年ではなかったのか！

言いたいことだけが頭の中をぐるぐると巡っていたが、解決は一向にしない。

だが思い返してみれば、あの金髪の青年を王太子だと紹介されたことは一度もなかったことに、フレイヤは気が付いた。王族の証である緋色のマントを身に着けて、近衛騎士然としたゲイルを従えていたから、当然彼が王太子だと思い込んだのだ。

（で、でも！　だからといって、なんの説明もせず……！）

と非難めいたことが頭に浮かんだが、自分が王太子の立場なら「なるほど、良いアイデアだ」と納得してしまう。王太子に見せる顔とそれ以外に見せる顔が違うのは、マナーとしても信条としても狡猾さの発露としてもあって当然の事象だから、その違いを把握するには外から観察した方がいいに決まっている。そして王太子という重い立場を脱ぎ捨てた方が、フットワークは軽くなるのも当然だ。

そのどちらも満たすこの作戦は、フレイヤだったら速攻で採用するだろう。

（く、悔しい……！）

まんまと騙されてしまったことに悔しさを覚えると同時に、拍手を送りたい気持ちになった。これは賞賛すべき謀略だ。

ぐぬぬ、とゲイルを睨みつけていると、その視線に気づいたのか、彼がチラリとこちらへ視線をくれた。

そして一瞬だけフッと愛しげな微笑みを浮かべた後、またカメリアへと向き直る。

「あなたの証言があれば、ラトランド侯爵を断罪できる。王妃殺害は弑逆（しいぎゃく）の次に重い罪。ラトランド侯爵は当然のこと、一族郎党全て刑に処せられることになるだろう。異母弟の王位継承権は剥奪される。すなわち、

私の地位がようやく確立されるということだ。あなたの提示する条件によるリスクを計算に入れても、十二分にメリットの方が上回る」

（……あ！）

あまりにもたくさんの情報が一度に入ってきて混乱していたフレイヤは、ハッとなった。

（そうだわ。カメリア様の存在は、まさに王太子殿下が求めていた切り札となる……！）

王太子が自分の地位を固めるための後ろ盾を必要としていたのは、ラトランド侯爵に対抗するためであることは明白だ。そして母妃を殺されたことへの復讐もあるだろうことは、想像に難くない。

（ラトランド侯爵が排除されれば、この国の政治体制は大きく変化する……！）

これまではラトランド侯爵を代表とする強硬派とフレイヤの父を代表とする穏健派で、この国の勢力は大きく二分されおり、その天秤は水平を保っていた。

その天秤が後者に大きく傾くということだ。

フレイヤはゴクリと唾を呑んだ。

ゲイルの台詞に、カメリアの表情にようやく彼女——いや、彼らしい表情が戻ってきた。

「では……？」

どこか斜に構えたようなニヤリとした笑みで問うカメリアに、ゲイルもまたニッと力強い笑みを浮かべた。

「次期国王として、カメリア殿下、あなたのクーデターの一助を担うことを約束します」

「感謝します、——レジナルド殿下」

ガシリと握手を交わす二人を見つめながら、フレイヤはブルッと武者震いする。

（今わたくしは、時代の変わる瞬間に立ち会っている……！）

ゲイルとカメリア——次世代を担う両国の代表であるこの二人が、これから歴史を変えるために動き出すのだ。そう思うと、自分のことではないのに身の内側に闘志が燃え始めてしまった。

（……ああ、でも……、わたくしは……）

だがすぐに、自分は蚊帳の外の存在であることに気が付いて、フレイヤは胸に痛みを覚えた。フレイヤはポウィス侯爵になりたいのだ。雄大なあの辺境の地で、温かく力強い民たちの伝統を守りながら、文化の融合を図り、より素晴らしい領地とするために、皆を導きたい——の想いは未だに変わらない。信念ともいえるこの願いを、今更諦めることなどできやしない。

（わたくしは、王太子妃にはなれない……）

ゲイルが王太子であるならば、それはつまり、二人の間には共に歩む未来はないということなのだ。

（ああ……）

胸が張り裂けそうになった。

これまで自分の選んだ道を後悔することなど、絶対にありえないと思ってきた。

だがこの瞬間、自分がこの先必ず後悔して泣くことが分かった。

ゲイルと共に行く道を選んでいたら——そう泣きながら振り返る日は、きっと一度や二度ではないだろう。

ゲイルが自分ではない女性を妻にして、その女性の手を取って生きていくのを想像するだけで、死んでしまいそうなほど苦しいのに。

(なんてこと……!)

ゲイルの言う通りだ。恋とはやはり恐ろしい。こんなにも残酷で苦しくて、それなのに愛おしい。恋を知らなければ、正しさの中だけで生きていくことができた。だがそれでもなお、ゲイルに恋する前の自分に戻りたいとは思わなかった。

(わたくしは……この恋を抱えて、生きて行こう……)

たとえ彼と結ばれることのない運命であっても、ゲイルに恋をしたことを誇りに思って生きていくのだ。すぐ目の前にあるだろう、ゲイルとの別れに思いを馳せながら、フレイヤが切なくゲイルを見つめていると、彼がこちらを見た。灰色の瞳と目が合って、フレイヤの心臓が小さく跳ねる。

「フレイヤ」

おいで、と言うように右手を差し出された。その表情がひどく甘い。

別れを決意した矢先だというのに、ゲイルのその表情に誘われるようにして、フレイヤはふらふらと彼の方へと歩み寄った。

彼女がちゃんと自ら自分のもとへやって来たことに満足気に微笑んで、ゲイルはそっと彼女の腰に手を添える。その仕草には明らかに独占欲が現れていて、それを嬉しいとすら思ってしまう自分に混乱しながら、フレイヤは必死で声を上げた。

「お待ちください、ゲイル様! わたくし、王太子妃にはなれません……!」

切羽詰まった一言に、空気が一瞬で凍り付いた。

傍観に徹していたジェイクは目を真ん丸に見開き、カメリアは愉快そうに目を輝かせている。そしてゲイルは、ひどく静かな目でフレイヤを凝視していた。

「何故?」

端的な問いには感情が乗っていない。とても静かで、まったく揺らぎがなかった。それがかえって怖くなり、フレイヤは冷汗が背中を伝うのを感じた。

「わ、わたくしは……ポウィスの地を愛しています」

「うん」

ゲイルは短く首肯する。彼には説明したことがある。だから知っていて当然だ。だがやはり感情の乗らない彼の応答に、フレイヤは唇が震えた。

静かなること山の如し。極東にあると言われる神秘の国の書物を思い出した。腹の据わった人間が何かを決めた時の、執念のようなものを今のゲイルから感じるのだが、気のせいだろうか。

「先住民であるライデは素晴らしい民です。彼らの文化を尊び、融和を図りながら、あの地を豊かにしていくのがわたくしの夢なのです」

「うん」

フレイヤが言い募っても、ゲイルは短く相槌を打つばかりだ。説得が上手くいっていないのだと思い、どんどんと焦りが生まれてくる。

冷静になって考えれば、この状況は非常にまずい。フレイヤはゲイルと睦み合った。つまり、今彼の子を身ごもっているかもしれない状況である。

ゲイルが単なる貴族の子弟であるならば、婚姻前の性交渉も命を懸けるほどの問題ではないが、相手が王太子となれば話は別である。王太子の子——すなわち、次々代の王を身ごもっているかもしれないとなれば、フレイヤが王太子妃にならないという道は完全に閉ざされてしまう。

当然だが、ポウィス領主になるという夢はかなうわけもない。

（つ、詰んでしまったわ……！）

愕然とした。何をどう間違ったのか。この選定会での目的は、自分が王太子妃にならないようにすることだったのに。

（——恋を、してしまったから……？）

そうだ。ゲイルに恋をしてしまったから、自分の夢が追えなくなった。彼に触れたい。触れられたい。そう願ってしまったから。

（でも、わたくしは……恋をしたことを、後悔なんてしていない……！）

ゲイルが好きだ。王太子だと分かった今でも、その気持ちは変わらない。彼がただの貴族の子弟だと思っていたあの時に、『責任は全て自分が取る』と言ったことを、忘れてはいない。彼と一緒に生きていくためならば、どんな手段でも取ってやろうと思っていた。それこそ、これまで絶対にしなかった、父の権力に頼ることだってしようと考えていたのだ。

「わ、わたくし……ポウィスの土地と民を愛してきたのです……」

震える声でフレイヤは言って、いつの間にか俯いていた顔を上げた。

目の前には、ゲイルの美しい顔があった。彼の表情は静かで、そして揺るぎなかった。先ほどまでは恐ろしく感じたその揺るぎなさが、今のフレイヤの眼には、頼もしく写る。

（……きっと。ゲイル様が考えていることも、同じだから）

ゲイルはきっと、フレイヤを手放す気はないはずだ。

フレイヤが彼との恋を後悔していないのと同じように。

たぶん二人共、お互いの中で自分の存在が大きなものになっていることを確信している。

「……ですが、わたくしは、それ以上にあなたを愛してしまいました」

一世一代の告白だ。

フレイヤがポウィスより愛する存在など、おそらくこの世にゲイルのみなのだから。

フレイヤの告白に、ゲイルがふわりと表情を綻ばせた。

それはそれは、蕩けるような微笑みだった。

「ああ。私もあなたを愛している」

そう応えると、両腕を開いてフレイヤを抱き締めた。

（——ああ……！）

温かい腕の中で彼の匂いに包まれると、フレイヤの中に言いようのない安堵が広がっていく。この感覚が答えだ。自分にとって、なくてはならない場所。回帰する所。それが、ゲイルの腕の中なのだと、今実感した。

（わたくしは、見つけてしまったのね）

ゲイルの傍が、自分の居場所だ――そう理解させられてしまった。

安堵によく似た諦観と共に微笑んだフレイヤに、ゲイルがキスを落とす。

「あと、ポウィス侯爵領だが……。侯爵が引退した後、国に返還してもらえばいい。その後王妃直轄地とすれば、あなたがポウィスの領主だ」

「――え……」

まさかそんなイレギュラーな方法を提案されるとは思わず、フレイヤは目を点にしてゲイルを見つめる。

だが同時に、希望に胸が膨らんだ。愛するゲイルと、ポウィス。その両方を得られる未来があるのだろうか。そんな都合のいいことが可能なのだろうか。

一瞬あり得ない方法だと思ってしまったが、よく考えてみれば、イレギュラーではあるが非常に合理的な方法だ。後継者がいない爵位は領地と共に国に返還することはない話ではない。そして王妃の直轄領も過去に存在していた。

「な、なるほど……」

「私の妃になったからといって、ポウィス領主になれないというわけではない」

ゲイルは笑いを含んだ声でそう言った後、少し神妙な表情になった。

「……いずれにせよ、私が王位に就けるのが前提の話となるが」

それは確かに、とフレイヤは噴き出してしまった。

そんな彼女を、ゲイルは改めてギュッと抱き締める。

「私の妃に、なってくれますか？」

強く抱き締められたまま問われ、フレイヤは笑う。

「……仕方ありませんわね。なってさしあげますわ」

そう答えた瞬間、抱き上げられてクルクルと回されて、悲鳴を上げることになった。

「きゃあっ」

「やった！　言質を取ったぞ！　これであなたは私のものだ！」

今まで見たことのないような笑顔で言われて、フレイヤは眩しさに目がちかちかした。

自分が妃になることをこんなふうに喜んでくれるなんて、と、単純な感動にじわりと涙が込み上げる。だがここで泣くのはフレイヤの矜持が許さない。だから敢えて笑って見せて、彼の首に腕を巻きつけた。

「あら、違いますわ。あなたがわたくしのものになるんです。覚悟はおありかしら、王太子殿下？」

嫣然とした微笑みを浮かべたフレイヤに、ゲイルが声を上げて笑う。

「覚悟だって？　そんなもの、とっくに！」

＊＊＊

幸せそうに笑い合う二人の周囲では、白々とした空気が流れていた。

王太子の恰好をした側近は、滅多にみない主の笑顔に乾いた笑みを浮かべているし、狼犬に縋りついて泣いていたヴァイオレットは魂が抜けたようになっている。捕縛されて猿轡まで噛ませられているリリー・ブランシュに至っては目を閉じて死んだように動かない。

中でも不満そうな顔を隠そうともしないのが、カメリアだった。

「我々は何を見せられておるのじゃ?」

うんざりといった口調で問いかけられたジェイクは、「ハハハ」とまったく色のない笑い声を上げて肩を竦める。

「まぁ、破れ鍋に綴蓋ってところですかねぇ……」

「何が破れ鍋か。綴蓋にするなら、フレイヤでなくともよかろうよ。もったいない。王太子妃にならぬのであれば、この私と添うてはくれぬかと期待しておったのに……ほんに、可愛い顔をして、男心を弄ぶ悪女なことよ」

「いや、あなた一応、セルシオの王妹としてここに来ましたからね……?」

女だと思われてましたからね? そこんとこ分かってます? と軽口を叩くジェイクは、既に王太子の仮面を投げ捨てている。だがそんなぞんざいな口調を、カメリアは気にしていないようで、自分も気安い口調で語りかけた。

「まぁよい。私もどうせ、国を奪うまでは女にうつつを抜かすわけにはいかん立場になるからな。あのように肝の据わった虎のような女子はそういないと思ったが、恋に狂えば虎も猫になるか……」

残念そうにフレイヤを見て呟くカメリアに、ジェイクがフッと皮肉っぽく笑う。

「おやめなさい、殿下。酸っぱい葡萄と言ってるようなものですよ」

「……ふん」

ジェイクの言葉に納得する部分があったのか、カメリアは鼻を鳴らすに留めた。

「それに、虎は脅かして人を動かしますが、猫は可愛らしさで人を動かすものです。どちらが良いかは、時と場合によるというもの」

「……そなた、王太子の影武者を担うだけあって、なかなか言いよるな」

嫌味半分のカメリアの賛辞に、ジェイクは快活な笑い声を上げたのだった。

エピローグ　こんなはずじゃなかったという予定調和

「わたくし、まだ怒っているんですからね！」

初夜の床で、最愛の新妻が発した台詞である。

可愛い可愛いフレイヤは、真っ赤な顔で、胸の前で腕を交差してなんとか肌を隠そうとしているが、身に着けている下着がそもそも半分透けているのであまり意味はない。

この扇情的な下着は、フレイヤの趣味ではなさそうなので、どうやら初夜だからと侍女たちに無理やり着せられたのだろう。

（なかなか気が利いている）

全体的に色素の薄いフレイヤのイメージは白や淡い色彩ではあるが、肌の色が抜けるように白いので、こういった濃い赤も良く似合っているし、そのギャップに返ってグッとくるものがある。

ゲイルは、妻が着ている非常に扇情的な下着を指で弄びながら、こてんと首を傾げた。

「何をだ？」

怒っていることを強調したいのか、大きな目を吊り上げて怖い顔をしてみせているが、スケスケの下着を着せられ、ベッドの上で夫に押し倒された状況では、怖くないどころか可愛くて食べてしまいたいほどなのだが、分かっているのだろうか。

「こ、こんなに早く結婚だなんて……！　聞いていませんでしたわ！」

フレイヤはプリプリと頬を膨らませて文句を言ってきたが、ゲイルにしてみれば「何を今更」といった話だ。

なにしろ、初夜である。つまり、二人は今日結婚式を終えた。この国の王太子の結婚式とあり、それはそれは盛大に開かれたわけである。フレイヤ・エリザベス・セシルは、これで名実ともに王太子レジナルド・ジェイコブ・ガブリエルの妃となった。

「今更ですか」

思わず思っていたことが口をついて出たが、そこはご容赦願いたい。

だって考えてもみてほしい。初夜である。ようやく念願叶って手に入れた最愛の恋人を、やっと抱けるのだ。もう一か月以上も触れられていない。あの腹黒宰相め。娘可愛さに、婚約者だというのに、人目のある所でしかフレイヤと会うことを許さなかった。おかげでよくて手か頬にキスをするくらいで、彼女を抱き締めることすらままならない日々だったのだ。愛しい女性を目の前にそれだけしかできないとか、なんの拷問か。

「今更って……それは、そうですけれど！　でも、結婚式までやることが多すぎて、そんなことを訊いている余裕も暇もなかったのですもの！　婚約発表から結婚式まで一か月って！　異例すぎますわ！　そんな短い間でどうしろというのです！」

ゲイルの台詞に自分でも思うところがあったのか、一瞬言い淀んだフレイヤだったが、すぐにまた別の不満を思い出したのか、プリプリと怒り始めた。

「確かに異例の早さではありましたが、あなたは成し遂げた。さすが私の見込んだ人だ」

ご機嫌を取ろうと手にキスを落とせば、フレイヤは顔を赤らめてフイと横を向いてしまう。そんなつれない様子も、まるで仔猫を見ているようで愛らしい。

まあ、王太子妃選定会を終えてから結婚式までの期間が、少々短かったのは認めよう。一か月ではあらゆる準備が間に合わないと、各方面から（特に花嫁の実家である宰相から）猛抗議されたが、ゲイルとしても譲れないところだったのだ。

なにしろ、早急に王太子としての足場を固める必要があったからだ。

一月前、ゲイルは生母である正妃殺害の罪で、この国で巨大な権勢を誇っていたラトランド侯爵を断罪した。王族殺害の罪は重い。ラトランド侯爵は終身刑となり、『生き地獄の塔』という二つ名があるほど厳しいことで知られるゴードン監獄へ収容された。ラトランド侯爵の娘である側妃は王族から平民へ身分を落とされ、離島にある修道院に送られた。事実上の幽閉である。側妃の子である第二王子は、処刑こそ免れたものの、これ以上の混乱を招かぬようにと王位継承権は剥奪された。

また王太子妃選定会で、他の候補者であるローザを陥れようと毒薬を使った罪により、侯爵の姪であるリリー・ブランシュは騎士位を剥奪され監獄に入れられた。彼女は伯父であるラトランド将軍に心酔しており、伯父の敵である王太子をあわよくば狼犬に食い殺させようとまで考えていたらしい。殺意が明確だったことから、リリー・ブランシュの罪は非常に重いものとなった。

リリー・ブランシュに加担したヴァイオレットも当然ながら罪に問われたものの、彼女には王太子への殺意はなく、リリー・ブランシュに己の飼い犬をてい良く使われてしまっただけだったことから、リリー・ブランシュほどの罪は与えられなかった。父親のベッドフォード公爵に多額の賠償金が課せられ、公爵が娘を修道院に入れることで制裁とされた。

ヴァイオレットがローザを陥れようとした理由は、兄の仇(かたき)を取ろうとしたからだということだった。ヴァイオレットの兄とローザが馬に二人乗りをしていた時、落馬しそうになったローザを庇ったことで、兄は死んでしまったのだそうだ。兄が庇ったのだから、ローザが殺したわけではないことは明白だが、妹のヴァイオレットにしてみれば、ローザがいなければ兄は死ぬことはなかったということなのだろう。それでも兄が愛した人なのだからと抑えていた憎しみが、ローザが王太子妃候補になったと知ったことで再び燃え上がってしまったのだと言っていた。

『あの人のせいでお兄様が死んだのに、のうのうと笑って生きているどころか、王太子妃にまでなるなんて、絶対に許せなかったのです!』

取り調べの時に、泣きながら説明するヴァイオレットの顔には、兄への愛情とやり場のない怒りが滲み出ていた。

だがローザもまた、幼馴染の恋人を忘れていなかったのだろう。兄の形見である細密画のネックレスを、ヴァイオレットが噴水に投げ込んだのを見て、顔色を変えて怒ったそうだ。そして急いでそれを取りに走ったという。ヴァイオレットの部屋の前でフレイヤとぶつかったのがその時だ。

ローザは今、実家の侯爵家の田舎の別荘に引きこもり、静養しているということだ。フレイヤが心配しており、その内に訪問したいと言っていた。ローザは今回の件で、結果的に巻き込まれて散々な目に遭った一番の被害者なので、ゲイルとしても申し訳ない気持ちがあるため、その時には一緒について行こうと考えている。

ちなみに、フレイヤの強い要望で、ヴァイオレットの狼犬が処分されることはなかった。思えばローザよりも被害を被ったのは、かの狼犬だろう。

（意外だったのは、父王が側妃の処分を即断したことだ）

盛られた毒によって母がおかしくなっていき、父はその鬱憤を晴らすように、当時嫁いだばかりの側妃へとのめり込んでいった。母が死んだ後、母への愛を再確認し、側妃への足も遠のいたらしいが、ゲイルにしてみれば今更でしかなかった。父がいくら後悔したところで、死んでしまった母が生き返るわけではない。

だが、自分の地位を奪還するためには、父の協力を仰ぐしかなかった。

蟠りを抱えたまま、父の協力を得て王太子妃選定会を開催したわけだが、父が本当に自分を後継者にするつもりなのかは半信半疑だった。

だから側妃の断罪をこれほどまでアッサリと決めた父に、驚いてしまったのだ。

（……おそらく、父もまた母の死に側妃が関わっていることに、うすうす気が付いていたのだろう）

母を喪ってようやく本当に愛している者が誰か思い知った父は、後悔の中を生きていた。真実へ辿り着くまで推考を重ねる時間は十分にあったのだ。

（それでも今まで側妃を断罪しなかったのは、確固たる証拠がなかったことと、側妃が犯人だと分かってい

ても、妻となり子まで成した女性を切り捨てることができなかったのか）

父は情に篤く、それゆえに揺らぎやすい人間だ。その性質が良いか悪いかは判断する者によるだろうが、施政者としては欠点でしかないとゲイルは思う。

だが同時に、父が情に篤い性質であったから、自分は今王太子の座に就いていられるのだ。

そうでなければ、後ろ盾のない王子など一顧だにせず、とうの昔に切り捨てられていただろう。

ラトランド侯爵が失墜し、この国の権力構造はその均衡を崩した。短期間で力に取って代わることができるのは、やはり力であるのは自明の理。混乱を手っ取り早く治めるためには、より強大な力を見せつけることである。

ラトランド侯爵一族が失墜した今、この国で最も勢力のある貴族は、名宰相と謳われるポウィス侯爵、ウィリアム・ヘンリー・コートネイ・セシルであることは言うまでもない。

そのウィリアムが王太子の外戚となれば、ウィリアムという巨大な力を中心に権力構造が速やかに再構築され、再び均衡は保たれるだろう。

この国の混乱をいち早く収拾するために、ゲイルはフレイヤとの結婚を急いだのである。

（――というのも、建前でしかないが）

本当の理由は、ゲイルが早く彼女を自分の傍に置きたかっただけである。

前述の通り、王太子妃選定会でフレイヤが王太子妃に決定した後も、腹黒宰相の妨害によって彼女と二人きりになれない日々を送る羽目になったゲイルが、それを我慢できるわけもない。慣例に則れば、王太子妃が決まり婚約が成立してから成婚に至るまで、少なくとも一年はかかってしまう。

（それまで彼女に触れられないなんて……冗談じゃない！）

もう彼女は自分のものだ。自分の手の届く所にいてもらわなければ、いつか我慢の限界が来て無理やり攫ってきてしまうだろう。発想がかなり危ない自覚があるが、フレイヤに関しては自制が効かないのだからどうしようもない。

幼い頃に母を殺され、可愛がってくれた外祖父も喪い、父王によって離宮に追いやられたゲイルは、誰かを愛するということに無意識に制限をかけてきた。

父王が離宮へ出したのは、ゲイルの命を守ろうと敵の目を欺くためであったと、今では理解しているが、子どもだった当時は捨てられたのだと思っていた。

そんな生い立ちのせいか、無意識にではあるが、ゲイルは愛することを諦めていたのだ。

その制限を、フレイヤが解いてしまった。ダムが決壊するのにも似て、何年もかけて溜めこまれた愛することへの欲求が、一気に放流されたのだ。度を失っていても仕方ないというものだ。

そんなこんなで周囲——主にフレイヤと宰相を言いくるめたゲイルは、準備期間を一か月に短縮し結婚式へと持ち込んだのだ。

本来ならば一年かけるものを十二分の一に縮めたのだから、準備するのに苦労をかけたことは申し訳なく思っていたので、ゲイルは素直に謝った。

「あなたには結婚する前から苦労をかけてしまって、本当に申し訳なく思う」

するとフレイヤは恥ずかしそうに目を伏せて、小さく首を横に振る。

「そ、それは……いいのです。わたくしも王太子妃になる覚悟はできましたから。苦労のない地位であるはずがないですもの。あなたの傍にいるためなら、これくらいどうってことありませんわ」

「フレイヤ……」

健気（けなげ）な言葉に胸が熱くなり、その愛らしい唇にキスをしようと顔を傾けたゲイルは、すぐさま彼女の小さな手で押しやられる。

「ですが、それとこれとは話が別です！　こんな性急に結婚式を挙げて……世間では、わたくしが懐妊してしまったので、慌てて式を挙げたのだとまで言われているのですよ！」

顔を真っ赤にして怒る新妻に、ゲイルはパッと顔を輝かせた。

「懐妊⁉　本当か⁉」

「してません！」

即座に否定され、ゲイルはしょんぼりと眉を下げる。

「なんだ……」

「な、なんだじゃありませんわ。そんな噂が出て困っていると言っておりますのに！」

「何故困るんだ？　私があなたにそれだけ強く執着しているのだという証拠だ。あなたに寄って来る目障りな虫どもを追い払うのに丁度いい」

したり顔で言ったゲイルに、フレイヤが口をあんぐりと開けた。

「め、目障りな虫って……、そんな、わたくしはもうあなたの妻ですのに」

「それでも虎視眈々と機会を狙う輩がいるでしょう」

ゲイルがフンと鼻を鳴らせば、フレイヤは困ったように笑う。

「カメリア殿下のことを仰っておられますの？」

その名前に、ゲイルはピクリとこめかみを引き攣らせた。

まったく気に入らない名前である。最初からどうにも胡散臭い女だと思っていたが、やはり男であっただけでなく、事もあろうにフレイヤに色目を使う不埒者だ。ラトランド侯爵の件での恩義がなければ、即刻セルシオに送り返してやるものを。

ギリギリと奥歯を噛み締めていると、フレイヤがそっとゲイルの頬を手で包み込んだ。

「ゲイル様。カメリア殿下がわたくしに構うのは、ゲイル様の反応を面白がっておられるからですのよ」

窘めるように言われて、ゲイルはムッと唇を引き結ぶ。カメリアが自分の反応を面白がっているのは確かだが、それだけでは決してない。フレイヤに恋情を抱いていて、隙あらばゲイルから掠め取ろうと考えていることは一目瞭然なのだ。

「あなたは本当に危機感がないな。危なっかしくて見ていられない。いっそのこと、この部屋に閉じ込めてしまおうか」

「まあ！」

ゲイルは本気で言ったのに、フレイヤは冗談だと思ったのか、クスクスと笑い出す。

その笑顔も笑い声も愛しくて堪らず、ゲイルは仕方なく怒りを抑え、彼女の下着を脱がせ始めた。なにしろ初夜である。一分一秒だって無駄にしたくない。

「あっ、ゲ、ゲイル様……」

パッ、パッ、と手早く下着を剥ぎ取られ、生まれたままの姿に剥かれたフレイヤは、戸惑いながらも恥じらって顔を赤くする。その頬に口づけを落とし、ゲイルは自分の夜着も脱ぎ去ると、彼女の身体を自分の膝の上に抱え上げた。

その華奢な身体を自分の胸に押し当てるようにぎゅっと抱き締めると、ようやく彼女を手に入れた実感が沸く。直に感じる彼女の体温と滑らかな肌の感触を味わいながら、深く長いため息を吐いた。

「ああ、ようやくあなたを捕まえた……」

万感を込めた呟きに、腕の中のフレイヤがクスクスと笑う。

「ええ、捕まってしまったようですわ、王太子殿下。本当に……こんなはずではなかったのですけれど」

王太子妃選定会で出会った当初、王太子妃になどなるつもりはないと豪語していた彼女を思い出して、ゲイルも笑った。

「私にとっては、あなたは運命そのものだったよ」

彼女こそが、自分の魂の半身。これまでの苦難を、彼女に出会うための試練だったのだとすら思えるほどに、フレイヤはゲイルにとってなくてはならない存在だ。

一言に込められた熱烈な愛情を感じ取ったのか、フレイヤが「まあ」と口の端を上げた。

ゲイルはその色づいた野イチゴのような唇にキスを落とす。彼女の唇は、いつ味わっても甘い。甘いはずがないのにそう感じるのは、この身を焦がすような恋情ゆえなのか。やわい肉を食みながら、舌を伸ばして甘い口内を貪る。深いキスに、一瞬戸惑うように身を竦めた彼女が、緊張を解いていく瞬間が好きだ。もっともっと、自分に慣れてほしい。いつか自分の腕の中でなければ、安心できなくなってしまうほどに。

そう願いながらも、そんな日が来ることはないのだろうなとゲイルは苦く笑う。

この恐れ知らずなフレイヤが、自分の腕の中だけに収まってくれているはずがない。閉じ込めようとしようものなら、美しい羽根を羽ばたかせてすぐに飛び立ってしまうだろう。

自分にできるのは、ただ彼女が逃げて行かないように、居心地がいいと思う巣を作り上げることくらいだ。

「あなたは私の幸福の鳥だ」

キスの途中で、唇を触れ合わせたままゲイルは呟いた。

「私に幸福を運んでくれる……いや、幸福そのものだな」

ゲイルの愛の言葉に、フレイヤが目をまんまるにした。それからフフッと笑うと、ゲイルの首に腕を回して抱き着いてきた。

「わたくしが鳥なら、あなたは森ね」

「森？」

「ええ。わたくしが帰る場所。ポウィスの森に住まう狼は、死んでも魂がポウィスの森に還るんですって。だからわたくしもきっと、死んでもあなたの所に還るのよ」

何気ないその言葉に、ぶわっと胸が熱くなる。フレイヤの帰る場所——彼女の居場所だと言ってくれたことが嬉しくて、不覚にも泣きたい衝動に駆られた。

それを彼女に悟られまいと、ゲイルは彼女を抱き締めることでそれを隠す。

彼女の肌に鼻を擦りつけるようにすると、フレイヤ特有の花のような甘い匂いが鼻腔に広がり、多幸感と欲情とがいっぺんに煽られる。フレイヤに触れられて幸せだし、フレイヤを抱きたくて頭がおかしくなりそうだった。

まるでプレゼントを一度に貰った子どものようだ。嬉しくて、幸せで、叫び出して飛び跳ねたい気分だった。本当に子どもだった頃も、感じたことのない高揚感だった。

ゲイルは衝動のままに彼女の乳房に顔を寄せると、まろい柔肌を甘噛みしながら、その頂きまで辿り着く。小さな乳首が、まだ触れてもいないのに、ゲイルを誘うように赤く色づいていた。舌先で乳輪をくるりとなぞると、フレイヤがくすぐったそうに肩を揺らす。鈴が鳴るような笑い声も聞こえて、その声の可愛さにまたゲイルの胸が熱くなった。

なんということだ。妻を可愛いと思えば思うだけ、この胸に無尽蔵に幸福感が沸いてくる。

(私の妻は天使なのかもしれない)

以前の自分が聞けば『気でも狂ったのか』と思うようなことを、平気で考えている自分が怖い。だが本気でそう思うのだから仕方ない。

幸福を噛み締めながら、フレイヤの胸の尖りに食らいついて吸い上げると、高い嬌声が上がった。

「ひ、ぁあっ」

その声がまた可愛くて愛しくて、ゲイルは口の中の乳首を舐め転がして可愛がる。そうするとフレイヤがもっと可愛く鳴いてくれるのを知っているのだ。

「んっ……ぁあっ、……ん、んぁ」

恥ずかしいのか、懸命に声を殺そうとして、上手くいっていないのがまた死ぬほど可愛い。

もっともっと鳴かせたくて、今度はもう片方を咥えた。もちろん、口から出した方も放置せず、指でこねくり回してやる。両方を弄られるのが、彼女は好きなのだ。

夢中で胸を弄り倒していると、フレイヤの腰がもじもじと揺れ始めた。

ゲイルはくすりと笑って、右手を滑らせて彼女の丸い尻を掴む。小さいけれどたっぷり柔らかい肉は、揉んでいてひたすら気持ちが好い。すべすべとしていて、少し冷たい肌の感触も堪らない。愛でるようにやわやわとフレイヤの尻を楽しんだ後、その奥へと手を伸ばした。

内腿の皮膚はしっとりと湿っている。それに目を細め、脚の付け根に触れると、入口は案の定もう蜜をこぼしていた。

「濡れているな。可愛い……イテ」

つい思ったことを口に出してしまい、フレイヤにペシリと肩を叩かれる。目を上げると、その顔は真っ赤になっていた。

（……ああ、本当に可愛い）

今度は口に出さずに心の中で言って、ゲイルは彼女の唇を食みに行った。

柔らかな唇を味わいながら、手を動かすことも忘れない。指に蜜を絡めるように陰唇を撫でてから、中指をゆっくりと膣内（なか）へと埋め込んだ。ぶつぶつとした襞がみっちりと詰まった隘路は、ねっとりと温かく、ゲイルの指を飲み込んでいく。

指に感じるその感触に、ごくりと喉が鳴った。

今ここに突き入れたら、どんなに気持ちが好いだろう。その快感を既に知っているだけに誘惑は強烈だったが、まずはフレイヤの身体の準備だ。ただでさえ体格差があって、負担を負うのは彼女の方なのだから。

今すぐに彼女の内側に入り込みたい欲求をグッと堪え。ゲイルは丹念に蜜筒の中を解していく。

蜜襞をかき分けるように腹側、背中側と指を動かし、フレイヤの反応した部分を擦った。彼女はまだ中では快感を得にくいことを知っているので、人差し指を使って陰核を刺激してやる。

「ぁっ！　やっ、それっ……！　ぁあっ」

包皮の上から優しく捏ねるだけで、フレイヤは顔を逸らして喘いだ。突き出された細い顎に口づけながら、ゲイルは指の動きを速めていく。

フレイヤの内側が熱くなっていて、彼女が快感を得ているのが分かった。蠢く肉襞がゲイルの指に絡みついてくる。奥からは愛蜜がとめどなく溢れてきて、指の動きに合わせて淫らな水音を鳴らした。

「ああ、やぁっ、は、ゲ、ゲイルさま……もっ……」

喘ぐ吐息までも熱い。彼女の呼吸を空に放つのも惜しくて、ゲイルはその唇を塞ぐようにキスをする。

それと同時に人差し指の背で陰核の包皮を剥き、親指の腹でそこを優しく擦った。

「んんっ、ん、んんん――――！」

ビク、ビク、と身体を痙攣させ、フレイヤが達する。キスをしたままでは苦しかろうと、そっと唇を外すと、愉悦に浸るフレイヤの表情を見ることができた。

普段は陶器のように白い頬が薄紅に上気して、色づいた桃のようだ。夏の空のような青い瞳は、今はぼんやりと宙を見つめていて、快感の靄の中を漂っているのが見て取れた。半分開いた赤い唇は、ゲイルとのキスの名残りでつやつやと濡れている。

その熟れ切った雌の顔に、普段のフレイヤの知的で怜悧な表情とのギャップを見て、ゲイルの欲情が一気に煽られた。ゾクゾク、と腰に駆け抜けるような震えが走り、ただでさえ痛いほど勃っていた己の肉棒に、更に血液が送り込まれるのを感じる。

達して身体の力が抜けたフレイヤが自分の胡坐の上に尻を落とせば、当然ながらいきり立った肉欲と接触してしまった。

「……あ……」

絶頂の余韻に浸りながらも、意識を飛ばしたわけではないので、フレイヤが尻に当たる熱塊に気づいて頬を染める。

ならばと、ゲイルはわざと彼女の入口に擦りつけるように腰を動かした。ぬちゃ、と先ほどの前戯で零れたフレイヤの蜜がいやらしい音を立て、フレイヤの頬が更に赤くなる。

「ゲ、ゲイル様……」

「あなたが欲しくて、もうこんなだ」

耳元で囁くと、フレイヤが恥ずかしそうにしながらも、空色の瞳でゲイルの方を見た。それからもじもじと視線を彷徨わせた後、小さな声でそっと呟く。

「……わたくしも、あなたが……ほしいです……」

「……っ」

ゲイルは息を止めて奥歯を食いしばる。そうしなければ、歓喜の衝動のままにフレイヤに襲い掛かっていただろう。

なんてことだ。妻が可愛くて死んでしまう。

深呼吸をしてからゲイルは自嘲めいた笑みを浮かべた。

「あんまり可愛いことを言われると……自制が効かなくなってしまいそうだ」

すると今度はフレイヤがムッと唇を尖らせて、ゲイルの鼻を優しく抓む。

「自制なんて……効かせなくてよろしいのに」

これはもうだめだ。完全に箍を外しにきている。

ブチン、と自分の中で握っていた理性の緒が切れた音がした。

ゲイルは片手でフレイヤの後頭部を掴むと、驚いている彼女の唇を荒々しく奪う。

そしてもう片方の手で柳腰を掴んで持ち上げ、腹に付くほど反り返った己の熱杭を濡れそぼった入口に宛がった。くちゅり、と音がして、張り出した傘の部分が女淫に嵌まり込む。

「んんっ……！」

ゲイルに侵される予感に、フレイヤが小さく呻いた。その鼻にかかった声まで飲み込むように舌を伸ばしながら、ゲイルは熟れた蜜壺の中に一気に押し入った。

「んん――ッ！」

フレイヤがくぐもった悲鳴を上げて背を弓なりにする。

ふるふると震える華奢な身体を抱き締めながら、ゲイルもまた堪えていた。

フレイヤの膣内が好すぎた。温かく、ぐっしょりと濡れているのに、ゲイルを包み込んで締め上げる。蜜襞は細かくざらざらとして蠢き、雁首のくぼみまでしっかりと刺激してくる。

まだ挿入しただけで動いてもいないのに、射(だ)してしまいそうだった。

（……くそ、長い禁欲を強いられたから……！）

ここ一か月間の苦行を思い出し、ついでに舅(しゅうと)となった食えない宰相の顔まで思い出したおかげで、少し落ち着きを取り戻す。

フーッと長く息を吐いて、ゲイルはフレイヤの背中をゆっくりと撫でた。

「大丈夫か、フレイヤ」

性交に慣れているとは言えない彼女に、半ば強引に打ち込んだ自覚があったゲイルは、心配になってその顔を覗き込む。

するとフレイヤは小さく震えながら、とろんと蕩けた表情でゲイルを見てきた。

「あ……ん、ゲイル、さまぁ……」

は、と短く息を吐き出し、フレイヤが甘い声で名を呼ぶ。その表情と声の威力たるや。

ずくん、と下腹部に血が流れるのが分かった。

「フレイヤ！」

ゲイルは叫ぶように言って、フレイヤの腰を両手で掴んで持ち上げ、激しく腰を上下させる。

「あっ、あっ、ああっ、は、ぅあっ、やあ、ああっ」

対面座位での交いは、重力任せになるのでどうしてもリズムが性急になる。速いリズムで最奥まで抉られ、フレイヤは目を見開いて喘いだ。その声を心地好く感じながら、ゲイルは狭く熱い隘路をこそぎ続ける。

肉がぶつかり合う拍手のような音と、粘着質な水音が寝室の高い天井に鳴り響いた。

「ゲ、イル、さま……ゲイルさまぁっ……」

ゲイルにされるがままに揺さぶられながら、フレイヤが健気に腕を伸ばして首に巻き付けてくる。

快楽の涙に瞳を潤ませ、キスをせがむように顔を寄せられると、ゲイルの中にフレイヤを守りたい庇護欲と、めちゃくちゃにして自分の印をつけてやりたいという征服欲が同時に沸き起こった。葛藤に苦悩しながらも、彼女が愛しいと言う感情だけはブレがない。キスを受け止め、それだけでは飽き足らず、彼女を抱えてベッドの上に押し倒した。

繋がったままで仰向けにされ、フレイヤは驚いたように目を見開いている。

だがそれを説明する余裕などない。ゲイルは彼女の太腿を抱え上げると、再び腰を揺すり始めた。先ほどよりも自分の意思で動ける体勢に、ゲイルの動きが俄然スムーズになる。

ぐるりと腰をグラインドさせると、フレイヤの好きな場所を目掛けて腰を突き上げた。

「ひぁ！　や、ゲイル、さ、ま、あっ……そ、んな、強く突かれたら……！」

狼狽するフレイヤに同調するように、内側の媚肉が戦慄(わなな)いた。その動きに射精感を煽られながらも、ゲイルは彼女を攻め立てる。

フレイヤの蜜筒は、ゲイルの熱杭をぎゅうぎゅうと引き絞るように蠢き始める。それでいて、ひっきりなしに溢れてくる愛液のせいで、奥が柔らかく蕩けているのが分かった。

大柄なゲイルの一物は身体に見合った大きさをしていて、華奢なフレイヤの女陰では、最初は根本まで入らない。だがこうしてフレイヤが感じてくると、奥の方まで柔らかくなっていき、ゲイルの全てを飲み込めるようになるのだ。

ゲイルは自分の親指を舐めると、自分の肉竿をみっちりと咥え込んだフレイヤの蜜口の上に咲く、ぷっくりと腫れ上がった陰核を撫でた。

「ひぁああっ」

強い快感に、フレイヤが一際高い声で鳴く。それと同時に内側も激しく蠕動(ぜんどう)し、膣内にいるゲイルを更に追い詰めた。睾丸(こうがん)がぎゅうっと掴まれるような感覚がして吐精の衝動が込み上げたが、息を細く吐き出すことでそれに耐える。

だが動きを止めたことで焦らされたと感じたのか、フレイヤがイヤイヤと頭を振り、潤んだ瞳でこちらを見上げてきた。

「やあぁ、ゲイルさま、おねがい……！」

「……あなたという人は！」

どれだけ自分を煽れば気が済むのか！

ゲイルは自制心をかなぐり捨てると、フレイヤの両手首を掴んでシーツに押し付け、欲望のままに腰を振りたくった。

「あ、ああ――っ、だめ、ゲイルさまっ、あぁあっ、そんな、も……！」

「自分で煽っておきながら、何がダメだ！」

ゲイルの猛攻に、フレイヤが制止の言葉を発するが、もう聞く耳など持たない。

遠慮なく腰を打ち付ければ、最奥の固い場所まで突き当たった。

「ぁうんっ！」

根本までぐっぽりと呑み込まされて、さすがに苦しかったのか、フレイヤが呻くような嬌声を上げる。

「ああ、ここがあなたの最奥……」

ゲイルはうっそりと呟いた。ここが子を宿す部屋の入口だと思うと、えも言われぬ高揚感が胸に沸き起こる。自分以外誰もたどり着けないフレイヤの秘密の場所だというだけでなく、自分の子を彼女が孕(はら)むという未来に胸が躍った。これまで自分が子を成すということを具体的に想像したことはなかった。せいぜいで、王太子という立場上、子を成すのは義務だと思っていた程度だ。

幸福な子ども時代を送らなかったせいなのかもしれない。

だが今、フレイヤが自分の子を抱いている姿を想像して、幸福感に目が眩みそうになった。

「フレイヤ……！」

愛する妻の名を呼びながら、ゲイルは夢中で彼女の一番奥を穿つ。

出し挿れする度に愛液が掻き回され、白く泡立って接合部から溢れ出した。ぐちゃぐちゃと淫靡な音が立ち、赤黒いはずの肉竿は泡立った淫蜜を纏って真っ白になっている。

パンパンに張り詰めた雁首で肉襞をこそげば、フレイヤが涙を零しながら腰を震わせた。

「ひ、ああ、も、ぁ、す、ご……もう……！」

いやいやと頑是ない子どものように頭を振る様子が、幼気なのに、ひどくいやらしい。

いつも理知的な光を宿す彼女の目が、今は快楽に蕩けているのが堪らなかった。

こんな彼女を知るのが自分だけだと思うと、驚くほどの満足感が胸に満ちた。

「あなたは、私だけのものだ」

ゲイルはうっとりと言いながら、腰を振ったまま愛蜜でテラテラと光る陰核を指で撫でる。

「ッ、ぁああ――！」

フレイヤの腰がビクンと跳ねて、足の指がシーツを掻いた。肉襞がぎゅうぎゅうとゲイルを締め上げて、吐精を促してくる。

「――ッ、フレイヤッ！」

限界を超えた快感に、ゲイルは呻き声を上げて腰の動きを速める。

抽送が加速し、フレイヤの子宮口を叩く勢いも強くなった。

「ああ、ああ――！」

集中的に突き上げられて、フレイヤが甲高く鳴いた。ほっそりとした四肢がわなわなと震え出し、肉棒を咥え込んだ入口の粘膜がひくひくと痙攣し始める。彼女の絶頂が近い。

ゲイルもまたその時を目指して快感を追った。

ドクドクと心臓が痛い。圧倒的な愉悦の予感は、暴力的なほどの力でゲイルの本能を剥き出しにさせた。形振り構わず、ただフレイヤが欲しいという欲求のままに動く。

あられもなく鳴く細い身体に、自分の狂暴な雄芯をがむしゃらに打ち込んだ。

加速する快感と熱に、身体の芯が焼け焦げそうだった。

「ゲイ、ル、さまぁっ……」

愛しい雌が自分の名を呼んだ。その声に導かれるようにして、ゲイルは彼女の中に己を解き放つ。

「フレイヤ、いくぞッ……！」

そう宣言すると、ゲイルは覆い被さるようにして、全身を使ってフレイヤを抱き締めた。
ド、と心臓の音が一つ鳴った後、圧倒的な愉悦がゲイルの腰から全身へと広がる。温かい彼女の膣内でビクビクと己の雄芯が跳ね、子宮に向けて射精しているのが分かった。

その動きに合わせて、媚肉がぎゅう、ぎゅう、と蠕動を繰り返し、肉茎の中に残った精液まで搾り取ろうとしていて、たった今吐精したばかりだというのに、またもや欲望が頭を擡げてしまう。

しつこいようだが、一か月もの禁欲生活に耐えたのだ。一回では終わりそうもないのは、致し方ないというものだろう。

「あ……ゲ、ゲイル様……」

終わったと思ったのに、ゲイルのものが萎えないことに気づいたのだろう。

フレイヤがくったりとしながらも、不安そうな目をこちらへ向けてきた。

その表情に苦笑して、ゲイルは小さな唇にキスを落とす。

「あなたが嫌ならば、もうしない」

本音を言えば、あと二、三回は付き合ってほしいところだったが、フレイヤはまだ性行為に慣れていない。

最初から飛ばして苦手意識を持たれては困るし、なにより彼女を大事にしたい。自分の欲を押し付けるだけの行為にはしたくはなかった。

だから遠慮したのだが、フレイヤは少し恥ずかしそうにしながらも、首を横に振った。

「フレイヤ……?」

「あの……ゲイル様は、したい、のですよね……?」

そう訊ねられれば、素直に頷くしかない。まだまだ貪り足りないのが本当の所なのだから。

「したい」

即答すると、フレイヤははにかむように微笑んで、ゲイルの頬を手で包んできた。

「わたくしも、同じですわ。あなたをもっと感じたい。……わたくし、閨事のお勉強をした時、それは単なる『繁殖のための行為』だと思ったのです。でも、違ったのね。抱き合うことが、こんなにも素晴らしいことだなんて思っていなかった。あなたをより深く、より近くに感じたわ。これって、愛し合うという概念を、形にする行為だったのだわ」

フレイヤの言葉は、水のようだ。ゲイルの身体を覆う皮膚から、粘膜から浸透し、心を潤してくれる。

「……愛し合うという概念を、形にする、か……」

鸚鵡返しをして、彼女の言葉を噛み締める。

まぐわうこと——一歩間違えば肉欲でしかないその行為を、どこかで嫌悪している自分に、ゲイルは初めて気が付いた。それは母を裏切り、側妃へと走った父への嫌悪とよく似ていた。

だがフレイヤとの行為に、そんな負の感情は一切混じらなかった。ただひたすら、彼女が愛しくて、可愛くて、自分のものにしたくて、彼女のものになりたかった。

これが愛し合うことでなくて、なんだというのか。

「私もそう思う」

万感の思いを込めて頷けば、フレイヤがにっこりと破顔した。

「あなたと愛し合いたいのです。ゲイル様」

天使のような微笑みで愛を告げられて、ゲイルの中に一つの願いが膨れ上がった。

「……私の子を、孕んでくれ、フレイヤ」

自然と、嘆願が口から零れ落ちる。

するとフレイヤが目を見開いた。

その瞳の澄んだ青を見つめて、ゲイルは、いや、と先ほどの己の考えを否定する。

彼女との子が欲しい。……だが子が欲しいというのが本願ではない。

子を成せなくとも、彼女と未来を歩むことができる約束が欲しかった。子どもがいれば、幸福は大きいだろうけれど、彼女を失ってまで欲しいものではないのだから。

「違うな。今のは忘れてくれ」

そう言って目を丸くしているフレイヤに、軽いキスを落としてから、もう一度言い直した。

「子ができなくともいい。私にとって、あなたと生きていくことの方が重要だから。だから、子ができなくとも、私の傍から離れないでくれ。私の妃は、生涯あなただけだ」

ゲイルの願いに、フレイヤの目が涙でキラキラと輝く。それを美しいと思って見つめていると、フレイヤが微笑んだので、きれいな涙が両方のこめかみへと流れていった。

「……ええ、離れません。わたくしは決して、あなたのお傍を離れませんわ、ゲイル様」

涙声でそう言って、フレイヤが手を伸ばしてゲイルの顔を引き寄せる。

柔らかく唇が重ねられて、また離れていった。フレイヤのキスはいつだって可愛らしい。可愛らしいけれど物足りず、ゲイルがその後を追うように唇を寄せると、フレイヤがクスクスと笑った。

唇が重なる直前に、フレイヤが囁く。

「愛しています」

（――ああ……！）

その言葉の眩さにくらくらと眩暈を覚えつつ、ゲイルは愛する妻に口づける。

（――これが、愛し、愛されるということか）

今まで知らなかった幸福に浸りながら、ゲイルは初めて彼女を見た時のことを思い出していた。

三日月宮のホールで、居並ぶ淑女たちの中で、彼女だけは違って見えた。

目を惹く可憐な外見だけではない。意志の強そうな青い瞳を見た瞬間、彼女から目を離してはいけないのだと思ったのだ。

その時は、彼女を警戒しているからそう感じたのだと思ったが、あれは間違いだった。

（あの時、フレイヤこそ自分の運命なのだと、本能が悟ったからだ）

「愛しているよ、フレイヤ」

「わたくしも。愛しています、ゲイル様」

予定調和の幸福に浸りながら、二人はお互いを抱き締め合った。

あとがき

皆様、こんにちは。

この本を読んでくださってありがとうございます。

唐突ですが、実は私、『あとがき』を書くのがとても苦手です。

「いやいや、あなたこれまでに『あとがき』何度書いてきてるのよ？」と思った方もおいででしょう。そうなのです。もう数十回は書いているのですが、毎回うんうんと唸り転がっているのです。

ああ、本当に、ああでもない、こうでもない。

何を書けばいいの。うーんうーん。

書いたお話について語ればいいのかもしれないのですが、書き終わった段階で全てを出し尽くしてしまっているので、その後の私はでがらしです。

これ以上絞っても何も出てきません。でがらし、可哀想。もう絞らないであげて……。

でがらしなりに頑張った結果、毎回同じようなことを書いてしまうのですが、今回は少々趣向を変えてみます。

私の愛する家族、デグーマウスのチビ太くんについて語ります。

チビ太君は、我が家の五代目デグーマウスです。現在生後七か月。カラーはアグーチ、黒いおめめがとってもキュートな男の子です。

好奇心旺盛で食欲も旺盛、でも寂しがりやで、抱っこしてほしいとキュウキュウと可愛い声で鳴いて訴えてきます。

デグーは掌に乗るほど小さいネズミですが、とても賢く三歳児程度の知能があると言われており、人にとてもよく懐きます。人の手によるマッサージも大好きなので、もふもふと触れ合いたいタイプの私にはぴったりの動物なのです。

小動物がお好きな方で、もふもふと触れ合うのがお好きな方にはお勧めの動物ですよ。

さて、チビ太くんの紹介をしていたら、そろそろ『あとがき』も終わりに近づいてきたようです。

今回、華麗なイラストを描いてくださったすらだまみ先生。実はご一緒させていただくのは三度目なのですが、愛らしいヒロインと、凛々しいヒーローを拝見させていただくたび、黄色い悲鳴を上げております。今回も本当に素敵な二人に仕上げてくださって、本当にありがとうございました。また、私の原稿が大幅に遅れたせいで、すらだ先生には大変ご迷惑をおかけしてしまい、本当に申し訳ございませんでした！

そして、担当編集様。今回も至らない私の面倒を見てくださって、本当にありがとうございました。そして、ご迷惑をおかけして申し訳ございませんでした……！　N様のおかげでこうして形にすることができました！

この本を刊行するためにご尽力くださった、全ての皆様に感謝申し上げます。

そして、ここまで読んでくださった読者の皆様に、心からの愛と感謝を込めて。

春日部こみと

ガブリエラブックス好評発売中

女嫌いの殿下から、身代わり婚約者の没落令嬢なのにナゼかとろ甘に愛されています♥

すずね凜　イラスト：ことね壱花／ 四六判

ISBN:978-4-8155-4053-1

「お前の涙を味わえるのも、私だけの特権だ」

継母達に屋敷を追い出され、王城のお掃除係を務める伯爵令嬢カロリーヌは、王太子フランソワの婚約者になってほしいと頼まれる。「柔らかいなお前は。女の子というのはなんて抱き心地がいいのだろう」彼は女性アレルギーだがカロリーヌだけには触れられるというのだ。彼の病が治るまでだと思い引き受けたカロリーヌだが、フランソワは本物の婚約者のように彼女に甘く触れ、誘惑してきて——!?

ガブリエラブックス好評発売中

gabriella books

人生リセットされた令嬢の運命は
破滅から溺愛に書き換わるのか？　私の王様

火崎 勇　イラスト：旭炬／ 四六判

ISBN:978-4-8155-4057-9

「私も我慢の限界だ。存分に愛させてくれ」

事故で死んだ兄に代わり、男装して第二王子ディアスに仕えていたティアーナは、主を庇い命を落とすが、何故か時間が巻き戻り、兄を救って令嬢としての生を送り始める。前世と違いディアスの信頼を得られぬまま、彼に迫る危険を知らせ助けようとするティアーナ。「お前の望みは何だ？正直に言ってみろ」疑念をぶつけてくるディアスに真実を言えない内に、前世でのティアーナが死んだ時が近付き!?

ガブリエラブックス好評発売中

うちの姫様を選ばないなんてどうかしてる!

若き皇帝はお付きの侍女を溺愛する

小山内慧夢 イラスト：ウエハラ蜂／ 四六判

ISBN:978-4-8155-4058-6

「これから全身全霊でお前を抱く。覚悟してもらおう」

王女クリスティーヌの筆頭侍女マチルダは、ムイール帝国皇帝ケルネールスの舞踏会に招かれた姫に同伴し、姫様を馬鹿にした他国の姫とやりあった弾みで皇帝に不敬を働いてしまう。「主の事よりも、私のことで頭が一杯になるようにしてやろう」何でもするから主に類が及ばないようにと願うマチルダに伽を命じ、情熱的に抱いてくるケルネールス。皇帝の伴侶には姫様こそがふさわしいはずなのに!?

ガブリエラブックス好評発売中

推しさえいればよかった私が
憑いてるスパダリ御曹司と結婚した件

猫屋ちゃき イラスト：獅童ありす／ 四六判

ISBN:978-4-8155-4059-3

「好きだよ。出会ったときから、ずっと好きだ。」

魑魅魍魎を遠ざける能力があるまゆりは、憑かれやすい体質のホテルグループの御曹司、一ノ瀬拓真に頼みこまれて契約結婚をした。「僕を見て。見つめ合ってイキたい」大好きなイケメン舞台俳優の推し活さえできれば良かった人生なのに、趣味を受け止めて一緒に楽しんでくれる拓真の溺愛に身も心も蕩かされ、本当に彼に惹かれてしまって!?

ガブリエラブックス好評発売中

gabriella books

イケメン御曹司は
子育てママと愛娘をもう二度と離さない

森本あき　**イラスト：敷城こなつ**／ 四六判
ISBN:978-4-8155-4060-9

「結婚してないなら、ぼくにもチャンスがあるってことだ」

喫茶店経営をしながら愛娘のアリスと暮らす美奈。忙しいながらも充実した日々を送っていた彼女の許に、二度と会わないと約束したはずのアリスの父親、絢一が突然現れる。「ぼくが守るよ。これからはぼくに頼ってほしい」アリスは別の男性の子だと拒絶しても絢一は一緒に育てようと熱く迫ってくる。彼を嫌って別れたわけではなく、美奈の心は揺れるも、実は絢一の母のことが怖くてたまらず——!?

ガブリエラブックス好評発売中

gabriella books

乙女ゲームの悪役令嬢に転生したら、ラスボスの闇の王に熱烈に口説かれました

蒼磨 奏　イラスト：鈴ノ助／ 四六判

ISBN:978-4-8155-4061-6

「やっと私のものになった。もう二度と離さない」

大切なもの一つを代償に乙女ゲームの悪役令嬢に転生したロザリンデは、冤罪で国外追放され嵐の船で遭難しかける。すんでのところで闇の国の王ハイドリヒに助けられた彼女は、彼の身の周りの世話を任されて寵愛される。「賢くて美しい、いい女。夜ベッドに忍び込んでやろうかと思うほど」寡黙だが優しいハイドリヒに惹かれていくロザリンデ。だが、ハイドリヒには彼女に語れない秘密があって——!?

ガブリエラブックスをお買い上げいただきありがとうございます。
春日部こみと先生・すらだまみ先生へのファンレターはこちらへお送りください。

〒110-0016　東京都台東区台東4-27-5（株）メディアソフト
ガブリエラブックス編集部気付　春日部こみと先生／すらだまみ先生　宛

MGB-041

王太子妃候補に選ばれましたが、辞退させていただきます
危険な誘惑

2021年9月15日　第1刷発行

著　者　春日部こみと（かすかべ）
装　画　すらだまみ
発行人　日向晶
発　行　株式会社メディアソフト
〒110-0016
東京都台東区台東4-27-5
TEL：03-5688-7559　FAX：03-5688-3512
http://www.media-soft.biz/
発　売　株式会社三交社
〒110-0016
東京都台東区台東4-20-9　大仙柴田ビル2階
TEL：03-5826-4424　FAX：03-5826-4425
http://www.sanko-sha.com/
印　刷　中央精版印刷株式会社
フォーマットデザイン　小石川ふに（deconeco）
装　丁　吉野知栄（CoCo.Design）

定価はカバーに表示してあります。乱丁・落本はお取り替えいたします。三交社までお送りください。ただし、古書店で購入したものについてはお取り替えできません。本書の無断転載・複写・複製・上演・放送・アップロード・デジタル化は著作権法上での例外を除き禁じられております。本書を代行業者等第三者に依頼しスキャンやデジタル化することは、たとえ個人での利用であっても著作権法上認められておりません。

© Komito Kasukabe 2021 Printed in Japan
ISBN 978-4-8155-4064-7

本作品はフィクションであり、実在の人物・団体・地名とは一切関係ありません。